KB117705

당신의
밤을
위한
소리

일러두기

┆ 이 책은 기본적인 교정 규칙을 따랐으나, 작가 특유의 글맛을 살리고자 일부 비표
　준어 표현을 허용했습니다.

┆ 이 책에는 필사 페이지(사각사각 연필 소리로 닿는 위로, 스르르 다가오는 잠)가 마련되어
　있습니다. 옆 페이지의 에세이를 옮겨 적어보세요.

┆ 각 꼭지글 상단의 QR코드를 통해 미니유 Miniyu ASMR 유튜브 채널의 동영상을
　볼 수 있습니다.

당신의 밤을 위한 소리

지은이 미니유(유민정)
펴낸이 임상진
펴낸곳 (주)넥서스

초판 1쇄 발행 2023년 9월 1일
초판 2쇄 발행 2023년 9월 5일

출판신고 1992년 4월 3일 제311-2002-2호
10880 경기도 파주시 지목로 5 (신촌동)
Tel (02)330-5500 Fax (02)330-5555

ISBN 979-11-6683-642-8　03810

www.nexusbook.com

편안한 잠을 위해
귓가에 울리는
백색소음

당신의 밤을 위한 소리

미니유
지음

Qrious

ꞏꞏ|||||ꞏꞏ

2013년 늦여름에 ASMR이 내게 찾아왔고, 나는 이 새로움에 금세 빠져들었다. 그해 푹푹 찌던 더위 속에 작은 핀 마이크 하나 놓고 속삭이던 나를 기억한다. 스테레오가 뭔지, 마이크를 어떻게 써야 소리가 왼쪽과 오른쪽으로 각각 들리는지도 모르던 기계 문외한이 서점에서 편집 프로그램 관련 책을 사기도 하고, 편집 프로그램 툴을 다뤄보며 방법을 익히곤 했다.

특히 핼러윈 데이를 맞이해 이벤트 영상을 찍겠다고 언니와 함께 파티용품 가게에서 호박 모양 막대기도,

검은 토끼 귀 모양 머리띠도 샀던 게 기억에 남는다. 더 예쁘고 특별한 영상을 찍을 생각에 가슴이 두근두근하던 게 잊히지 않는다. 어둑한 구름 아래 선선하게 불던 가을바람과 나를 먼저 내려주고 가게 앞에 차를 대던 언니 모습, 평범하고도 행복한 장면이 특별한 기억으로 남았다.

대가를 바라지 않은 순수한 노력이 의외로 뜻밖의 대가를 가져다주었다. 유튜브로 수익을 창출할 수 있다는 것도 모르던 나는 오랫동안 유튜브 채널에 수익을 연결해놓지 않았다. 그 후에 1년 만에 받은 첫 수익이 17만 원. ASMR은 성취감과 기쁨을 주었다. 아니 성취감과 기쁨 그 자체였다. 적은 돈이었지만, 하고 싶은 일을 하면서 수익도 얻을 수 있다는 게 꿈만 같았으니까. ASMR은 이제 내게 직업이자 취미이자 일상이 되었다. 가장 소중한 것인 동시에 늘 하고 싶은 게 되었다.

첫 영상을 올린 지 올해로 10년. 나와 ASMR 사이에 10년이라는 시간의 의미가 또 다른 콘텐츠로 남는다면 좋겠다고 생각했다. 사랑하는 이와의 추억을 사진으로 남기듯, ASMR을 사랑한 나날을 한 권의 책으로 담았다. ASMR 영상이, 영상의 소리와 화면이 텍스트로 옮겨진다면, 종이에 새겨진다면 좋겠다고 생각했다. 그건 서로 다른 매체의 만남이고, 다른 모습의 콘텐츠가 만나는 것이니까. 나의 ASMR이 확장된다는 것을 의미했다.

글을 쓰는 건 ASMR 영상 제작과는 또 다른 매력이 있다. 기분이 가라앉을 때면 글을 쓰곤 했다. 우울하다가도 그 기분을 글로 써내면 어느새 기분이 글자가 되며 우울이 해소되었다. 신기하고, 재미있었다. 우울함은 글 안에 가둬두고, 감정을 제자리로 돌려놓는 것을 반복했다. ASMR과의 추억을 글 안에 가둬둔다면, 그 글에는 행복이 고스란히 배어 있을 것이다. 그렇게 모인 글이 이 책이 되었다. 책이 나올 수 있게 해준 모든 이에게 감사의 인사를 전하고 싶다.

먼저 나의 영원한 ASMR 동반자인 오랜 구독자들에게 깊은 감사의 마음을 전하고 싶다. 10년간의 ASMR 제작은 구독자들이 있었기에 가능했던 일이다. 가끔 주춤하며 넘어지려 할 때 나를 일으켜 세운 건 오직 구독자들이었다. 그들의 따스한 응원과 다정함은 내가 채널을 이끌어가는 원동력이었다.

다음으로 넥서스 출판사와 고나희 팀장에게도 감사

6

를 전하고 싶다. ASMR에 관한 책을 쓰고 싶은 나의 염원을 현실로 실현해주었다. 어디서부터 어떻게 해야 할지 모든 게 막막해 쉽게 엄두를 내지 못하던 나에게 집필의 손길을 건네주고, 길과 방향을 알려준 고나희 팀장에게 고마움을 전한다.

ASMR의 또 다른 연장선인 이 책을 쓸 수 있도록 힘을 보태준 모든 이의 마음을 깊이 사랑한다.

ASMR을 알게 된 게 우연일지 운명일지 스스로 묻곤 한다(운명이라고 믿으면 조금 더 낭만적으로 느껴지는 것 같다). 이내 어렵지 않은 질문이었다는 걸 깨달은 건 온 마음을 다해 걸어온 10년의 시간이 답해주었기 때문이다.

우연을 운명으로 바꾸는 데는 많은 에너지가 필요하다. 그리고 그 에너지가 오직 나의 즐거움에서 비롯될 때, 어떠한 종류의 노력보다 큰 힘이 된다. 우연으로 남겨둘 것인지, 운명으로 바꿀 것인지 내게 달려 있었고, 마음을 다해 우연이 운명이 된 시간 내내 오로지 즐겁고 편안했다. 그 즐거움과 편안함이 내 안을 넘어 많은 이에게 닿길 바란다.

차례

PART
1

ASMR과의
비하인드 스토리

PART

2

힘내지 않아도
괜찮은 날

PART
3

기댈 곳이
필요한 날

숨을 곳이
필요한 날

PART
1

ASMR과의
비하인드
스토리

할 수 있는 일과 하고 싶은 일 사이에서 방황할 때 마법처럼 나타나 나의 인생을 열어준 게 ASMR이다. ASMR 영상 콘텐츠를 제작하며 겪은 어려움과 즐거움, 모든 에피소드가 나의 자산이 되었다. 하나 씩 배워가는 데 크나큰 재미와 즐거움, 성취감을 느꼈고, 열심히 했을 때 받는 보상의 기쁨도 알게 되었다. 늘 실패만 겪던 내가 성공이 라는 길에 한 걸음 다가간 것도 ASMR과 함께인 덕분이다. 그렇게 ASMR은 사랑하지 않을 수 없는 일이 되었다. 하고 싶은 일임과 동시에 할 수 있는 일이고, 즐거운 일이 되어주었다. ASMR을 통해 느낀 즐거움과 안온함을 다른 이에게도 전하고자, 나는 ASMR 영상 콘텐츠 만들기를 계속한다.

ASMR과
만나며

ASMR은 2010년 미국의 제니퍼 알렌(Jennifer Allen)
이라는 사람이 처음 만든 용어로, 많은 사람이 이 현상
에 공감하면서 알려지기 시작했다. 듣기에도 생소한
ASMR(Autonomous Sensory Meridian Response)을 한국
어로 풀이하면 자율감각쾌감반응 정도로 볼 수 있다.
쉽게 설명하면 어떤 청각적·시각적 자극을 통해 뭔가
정수리부터 등을 타고 내려오는 간질간질함, 기분 좋
은 쾌감, 그로 인해 얻는 심리적 안정을 경험하는 걸(국
립현대미술관 <워치앤칠 2.0 전시연계 강연 x 퍼포먼스>

이소림 교수의 발표문 중 인용) 뜻한다.

2013년 가을, 나는 처음으로 ASMR을 만났다. 평소와 같이 스마트폰으로 인터넷을 검색하다가 우연히 눈길을 끄는 제목을 발견했다. '뇌 간지럽혀줄까요?' 뇌를 간지럽혀준다니! 호기심이 생겼다. 그 제목을 클릭하자 동영상 몇 개가 있었다. 그중 '메이크업 아티스트 롤플레이'라는 제목의 영상을 보니, 외국인 여성이 화면에 대고 메이크업을 해주고 있었다(정확히 무엇을 하는 영상인지는 모르겠으나, 대략 이 영상을 보는 사람에게 메이크업해주는 놀이를 하는 듯 보였다).

마치 내 얼굴을 쓸어주는 듯 붓으로 톡톡 화면을 터치하고, 마스카라를 눈가에 갖다 대며 스으스으 속눈썹을 칠해주는 흉내를 냈다. 은근히 속삭이는 목소리로 눈을 감았다 떠보라든지 얼굴을 들어보라든지 하는 말도 더했다. 영상에 대한 완벽한 이해는 없었지만 묘하게 빠져들면서 노곤해지는 기분이 들었다. 그렇게 ASMR의 매력에 빠져들기 시작했다. 그 후로 잠이 오지 않는 밤이면 어김없이 ASMR 영상을 찾았다. 머릿속이 기분 좋게 간질간질하던 게 생각났기 때문이다. 그 기분에 빠져들다 보면 어느새 스르르 잠들곤 했다.

사실 ASMR을 발견하고 깜짝 놀랐다. 내가 어렸을 적부터 종종 느낀 이 현상이 어떠한 용어로 표현되어 알려져있다는 게 신기했다. 이제와서 생각해보면 ASMR을 처음으로 경험한 것은 초등학교 2학년 때였다. 학교에서 읽을 책을 1권씩 준비물로 가져오는 날이었다. 한 친구가 교실 맨 뒷자리에서부터 친구들의 책 뒷부분을 펼쳐보며 출판사의 이름을 확인하고 있었다. 엄마가 출판사에 다녀서 친구들의 책이 그 출판사의 책인지 확인한다는 명목이었다.

그 친구는 나긋하고 친절한 목소리로 "잠깐만~" 양해를 구하며 친구들의 책을 펼쳐보았다. 책을 펼치던 손짓과 한 걸음씩 앞으로 내딛던 실내화 소리, 마침내 맨 앞자리에 앉아있던 나에게로 다가와 책을 펼쳐보고는 "오, 이 책 ○○○에서 만든 거네?" 하며 내 머리를 다정하게 쓰다듬던 게 모두 기억난다. 희한하게도 그때 그 느낌이 참 좋았다. 머릿속이 간질간질해지는 기분이 들었고, 금방이라도 잠이 쏟아질 것만 같았다. 그날 이후로 한참을 그때 그 순간을 일부러 상상하며 묘한 간지러움을 되뇌곤 했다.

그때는 내가 어딘가 이상한 사람인 줄만 알았다. 그

런데 그런 느낌을 나 말고도 많은 사람이 느끼고 있었다는 데 뭔가 안심되었다. 심지어 그 느낌으로 심리적 안정을 얻는 사람도 있다니, 공감할 수 있다는 게 다행이라고 생각했다. ASMR과의 운명적인 만남이 시작되고, '이렇게 좋은 게 또 있을까?' 하며 나는 자주 만족하고 즐거웠다.

그야말로 ASMR에 빠져버렸다. 이토록 무언가를 열심히 한 적 있을까 싶을 정도로 뭔가에 홀린 듯 밤이고 낮이고 ASMR을 듣던 나는 마침내 직접 ASMR 영상을 만들기로 했다. 당시 아이스크림 가게에서 아르바이트 하고 있었는데, 달콤한 아이스크림과 함께하면서도 정신은 온통 ASMR 영상을 만드는 데 있었다. 아이디어가 마구 떠오르고, 빨리 집에 가서 내가 생각한 아이디어를 영상으로 만들어야겠다는 의욕에 괴로울 지경이었다. 행복한 괴로움! 심장이 너무 두근거리고, 가슴이 벅차서 통증마저 느껴졌다. 살면서 이런 행복한 고통을 느껴본 건 처음이다.

무엇 하나 꾸준히 해내는 게 없어 회사를 다녀도 한 달을 못 넘기고 그만두던 내가 처음으로 이 일(ASMR 콘텐츠 제작)을 평생 하고 싶다고 생각했다. 하루하루

사는 게 너무 재미있어서 미칠 지경이었다. 어떤 때는 일주일에 영상을 3개씩이나 만들어서 업로드하기도 했다. 일에 대한 대가는 개인적인 즐거움과 영상을 봐 주는 사람들의 응원 댓글이 전부였지만, 그것만으로 충분했다. 요만큼도 아쉬운 것 없는 완벽한 대가였다.

내가 ASMR 영상을 접하고 제작하기 시작했을 때는 유튜브라는 플랫폼이 그리 대중적이지 않았다. 나 역시 ASMR 때문에 유튜브라는 플랫폼을 알게 됐다. 유튜브를 단지 사람들이 개인적으로 영상을 업로드하는 곳 정도로만 이해하던 나는 수익 설정도 해놓지 않았다. 유튜브로 수익을 얻을 수 있다는 자체를 몰랐던 거다. 그러다 1년이 지난 후에야 수익을 설정하고 17만 원이 라는 첫 수익을 받게 되었다. 수익을 바라고 한 일이 아 니었지만, 좋아하는 일을 열심히 했더니 수익까지 발 생한다는 게 충격적이기까지 했다. 기대하지 않던 수 익에 의욕이 더 샘솟아서, 내 안에 잠재되었던 창작 욕 구를 마음껏 발산하며 더욱 열심히 ASMR 영상을 만들 었다.

'열심히 하면 정말 다 되는 건가 봐.' 구독자 수가 점 점 늘어 10만 명이 되었을 때 친구에게 보낸 메시지가 기억난다. 이 메시지는 친구에게 전하는 말이자, 나 자신에게 하는 말이기도 했다. 살면서 무언가를 이토록 열심히 한 것도, 그에 대해 보상받는 경험도 처음이었다. 모든 게 신비로울 정도였다. 이토록 재미를 느끼는 일이 있다고, 내가 만든 영상을 봐주고 인정해주는 사람이 점점 늘어난다는 게 신기했다.

그 시절을 떠올리면 화분의 첫 싹을 피워내고 뛸 듯이 기뻐하는 어린아이를 마주하는 기분이 든다. 그래서 아주 가끔 일에 건조함이 밀려올 때면 당시를 떠올린다. 마음 한구석 그 어디에도 촉촉하게 물기를 머금지 않은 곳 없던 신비롭고 행복한 시작의 나날을.

세상의 소리에
귀 기울이며

　ASMR을 알기 전까지만 해도 소리에 크게 관심을 두지 않았다. 비 오는 소리는 듣기 좋았지만, 땅에 떨어지는 빗소리나 우산에 떨어지는 빗소리를 구분해 듣진 않았다. 두 소리가 다르다는 것을 인식한 적도 없다.

　물뿌리개에서 뿜어져 나가는 물소리는 샤아악 균일하게 시원한 소리인 줄 알았다. 그러나 어떤 타입의 입구에서 나오는 물이냐에 따라 그 소리는 너무나 달랐고, 물뿌리개의 호스를 타고 나올 때 소음도 만만치 않다는 걸 알았다. 그 찌걱거리는 소리는 정말이지 너무 시끄러워 편집할 때 다 잘라낼 정도였다. 이렇게 각자 고유의 소리가 있다는 게 참 신기했다. 이 일을 하지 않았으면 딱히 관심도 없었을 소리의 신비였다.

소리를 통해 위로받을 수 있다는 것 역시 알게 되었다. 소리 안에 추억이 들어 있기 때문이다. 주말 아침 부엌에서 엄마가 분주하게 아침 식사를 준비하는 소리, 낮잠을 잘 때 집 밖에서 들려오는 아이들의 말소리 같은 익숙한 소리로 기억을 불러오는 것이다. 그 소리로 인해 그때의 좋았던 느낌이나, 추억까지 함께 나타난다. 나는 이런 소리를 '모두 공감하는 소리'라고 생각한다. 이 세상에 존재하는 고유의 소리로 많은 사람이 공감하는 소리(ASMR)를 만들고, 행복한 기억까지 불러일으키는 것이다.

조금만 귀 기울여 들어보면, 일상에는 공감할 만한 소리가 참 많다. 잠이 오지 않는 탓에 새벽까지 깨어있던 어느 날, 베란다 창살에 똑똑 떨어지는 빗방울 소리는 평소라면 무심코 지나쳤을 소리였다. 조용한 새벽인지라 귀 기울여 듣게 되었고, 예쁜 소리를 마주할 수 있었다. 똑, 또옥, 톡, 토독. 그 후로 베란다 창살에 떨어지는 빗방울 소리를 들으면 그날이 떠오른다. 귀 기울

여 기억하는 순간은 추억이 되고, 추억은 그 소리를 마
주하는 순간 다시 살아난다. 아주 오랫동안.

　많은 것에 귀 기울이고 싶다. 그래서 세상에 존재하
는 예쁜 소리를 많이 발견하고 싶다. 사람들에게 그 소
리를 들려주어 행복한 기억이 되살아나는 선물 같은
시간을 주고 싶다. 모두 공감할 수 있도록.

사각사각
　연필 소리로 닿는 위로,
스르르 다가오는 잠 ────────────────➤

....

....

....

....

....

....

....

....

....

....

....

나의 소리를
만들어내며

마이크를 통해서 만들어지고 녹음된 소리는 생각하던 것과는 다를 때가 많다. 맑고 투명할 줄 알았던 와인잔 소리가 꽥 하고 소리를 지르는 것처럼 들리기도 하고, 아삭할 줄 알았던 청포도 씹는 소리가 생각보다 물컹한 느낌의 소리를 낼 때도 있다. 녹음할 때는 귀에 착착 감기며 쫀득하게 들리던 마사지 하는 소리가 편집할 때 들어보니 찌걱찌걱 소음 그 자체일 때도 있다.

그럴 때면, 방법을 달리한다. 예를 들어 와인 잔의 넓은 입구 쪽, 볼록한 옆쪽, 두툼하고 뭉툭한 아래 받침

쪽을 부위별로 두드려 보면서 듣기 좋은 소리를 찾아낸다. 청포도 씹는 장면에는 마늘을 씹는 소리를 대신 입혀 아삭한 소리를 극대화하기도 한다. 소음처럼 들리는 마사지 소리도 점도가 다른 로션으로 바꿔서 마찰음을 줄여본다.

ASMR을 촬영할 때 사용하는 마이크는 정말 섬세해서 아주 작은 소리까지 녹음되지만, 생각처럼 듣기에 편안하고 좋은 소리로 녹음되지만은 않는다. 어떻게 소리를 만드느냐에 따라 느낌은 천차만별이다. 그리고 편집에서 여러 가지 소리를 믹스해서 영상과 싱크로율 맞게 입히는 것까지가 ASMR 소리의 완성이다. 그러다 보니 촬영이나 편집 모두 아주 섬세하고 예민하게 작업해야 한다.

내 숨소리조차도 거슬릴 때면 내 코를 막아버리고 싶은 심정이다. 녹음할 때 나 자신이 좋은 소리라고 느끼지 못하면 그 녹음은 더 이상 진행하기 어렵다. 하물며 규칙적으로 거슬리는 숨소리가 들리는 영상이라면 그건 버리게 된다. 그런데 혼자만 느끼는 거슬림일 때도 있다. 막상 영상을 업로드했더니 걱정하던 숨소리에 관한 댓글은 전혀 달리지 않았기 때문이다.

어찌 됐든, 영상을 만드는 사람 또한 자신의 취향을 기준으로 소리를 만들기 때문에 스스로 용납할 수 없는 거슬림이 있기 마련이다. 하지만 누군가는 그 거슬림을 듣기 정말 좋다고 느낄 때도 있다. 반면에 심혈을 기울여 만든 좋은 소리를 별로라고 할 때도 있다.

조선시대를 배경으로 한 영상에서 한복을 입고 촬영한 적이 있다. 한복 옷감 특유의 소리가 민감한 마이크를 통해 전달되니 꽤나 거슬리게 들렸다. 바스락, 서걱서걱. 몸을 조금만 움직이고 팔을 약간만 들어도 옷감이 스치는 바스락 소리가 소음처럼 느껴졌다. 배경이 조선시대인데 한복을 입지 않을 수도 없고, 계속 신경이 쓰인 채로 촬영을 마쳤다. 한복이 스치는 소리를 편집으로 최대한 잘라내고, '아, 댓글에 한복 소리 너무 시끄럽다는 이야기가 분명 있을 것 같은데' 하며 불안한 마음으로 영상을 업로드했는데 예상을 뒤집은 댓글이 줄을 이었다.

ㄴ, 와, 한복 스치는 소리 팅글 장난 아니에요.

ㄴ, 한복 소리가 이렇게 좋은지 처음 알았어요.

└ 매일 한복 입고 찍어주세요. 잠이 너무 잘 와요.

내가 듣기 거북하다고 느끼던 소리가 누군가에게는 자장가와 같던 것이다. 반대의 경우도 있다. 부정적 에너지를 뽑아낸다는 콘셉트의 ASMR 영상을 촬영할 때였다. 카메라 렌즈에서 기를 모으는 손동작을 하다가 검지와 중지를 교차하며 가위로 잘라내는 듯한 모션을 했다. 부정적 에너지를 모아서 가위로 잘라버린다는 의미였는데, 손가락 가위로 자르는 소리가 조금 심심하게 느껴졌다. 진짜 가위 소리가 들어가면 좋겠다고 생각했다. 싹둑 하며 확 끊어내는 소리에서 쾌감이 더욱 느껴질 것 같았다. 물론, 가위 소리는 꽤 자극적이기에 아주 작은 소리로 살짝 들어갈 수 있도록 편집했다. '와, 가위 소리 넣은 거 진짜 대박인데? 반응도 좋을 것 같아.' 자화자찬하며 스스로 만든 소리에 심취해있었다. 그런데, 예상외의 댓글이 달리기 시작했다.

└ 다 좋은데 가위 소리가 너무 시끄러워요.

└ 잠들려다가 가위 소리 때문에 깼어요.

∟ 가위 소리 뺀 버전도 만들어주시면 안 될까요?

　나의 예상을 완전히 빗나가버린 반응이었다. 내가 자신만만해하던 소리가 누군가에게는 그저 소음에 불과했다. 예상을 빗나가는 구독자의 반응을 경험하면서 느낀 것은 소리의 좋고 나쁜 판단 기준을 나 자신으로 하지 말아야 한다는 것이다.

　이와 유사한 경우를 귀 청소 영상이나 수술 영상에서도 경험했다. 사실 나는 귀 청소 소리나 수술 소리를 별로 좋아하지 않는다. 잔잔하고 살랑거리는 느낌의 소리가 아니라 소음으로 들릴 때가 많기 때문이다. 녹음하면서도, '이 소리가 정말 좋을까?' 의문이 들기도 한다. 그런데 신기하게도 내가 만든 영상 중에서도 귀 청소 영상이나 수술 영상이 유독 반응이 좋다. 소리가 너무 리얼해서 신기하고 듣기 좋다는 평이 대부분이다. 그럴 때면 내가 느끼는 것과 다른 사람이 느끼는 게 얼마나 다른지 확실히 깨닫는다. 고집은 조금 내려놓는 편이 좋다. 조금 더 열린 마음으로 소리를 대해야 한다. 너무 내 안에 갇혀있지 말고, 타인의 귀로도 느껴보는 노력이 필요하다는 걸 알게 되었다.

10년 동안 ASMR 영상을 만들어왔지만, 아직도 배워야 할 게 참 많다는 건 나를 기대하게 한다. 이대로 10년이 더 흐르면 나는 또 얼마나 더 멋진 소리를 만들어내는 제작자가 되어있을까 싶어서. 시간이 흐르면 새로운 소리가 나를 찾아들겠지?

ASMR에
상황을 담으며

ASMR 영상 중 상황극(롤 플레이) 장르는 내가 주로 만드는 영상 콘텐츠다. 친구와 함께 밥을 먹는 상황극, 병원에서 환자를 돌보는 상황극, 메이크업 숍에서 메이크업해주는 상황극, 휴대폰을 판매하는 상황극, 속눈썹 파마하는 상황극, 마사지 숍에서 마사지해주는 상황극, 영화 <아가씨>를 패러디한 상황극 등 지금까지 만든 상황극은 정말 많다.

"머리 감겨드릴게요."

부드러운 말과 찰랑이는 물소리에 머리가 촉촉해지는 느낌을 받는다. 머리를 감겨준다는 말과 물소리가 전부인데 그렇게 느낀다면 미용실 상황극 ASMR 영상에 완전히 몰입한 것이다.

간혹 ASMR 영상을 보고 이런 걸 보고 몰입되느냐고 묻는 이가 있다. 유치하고 오글거린다는 이유로 거부감을 느끼는 사람도 있다. 사람마다 호불호가 다르기 때문에 자신과 맞지 않으면 별 감흥이 없을 것이다.

그러나 한 번 몰입해보고 싶은데, 더 잘 몰입할 방법이 있을지 찾는 사람에게라면 ASMR 제작자로서 팁을 하나 알려주고 싶다. 약간의 상상력만 있다면 충분히 가능하다. 영화나 드라마에 몰입하듯이 ASMR 영상을 대한다면 더욱 쉽게 몰입할 수 있을 것이다. 상황극 영상에서 제시해주는 상황에 나를 맡기는 것이다. 그곳이 미용실이라고 한다면 그대로 믿는 것이다.

'여기가 왜 미용실이지?', '난 그냥 휴대폰으로 영상을 틀었을 뿐인데?' 하고 반문하지 말고 열린 마음으로 받아들여보는 것이다. 드라마를 볼 때 '에이, 저거 다 가짜야.' 하면서 보지 않는 것처럼 말이다. 그리고 영상에서 들려주는 소리를 느껴본다. 보글보글 샴푸 거품

소리나 샤워기의 물줄기 소리가 곧 나에게 닿을 것 같다고 상상해본다.

내 머리 위에서 들리는 듯한 입체 음향 물소리를 들으며 머리가 적셔지는 느낌을 계속 상상한다. 그러면 정말 미용사가 머리를 감겨줄 때처럼 간지럽고 시원한 감각마저 느껴질 것이다. 미용실에서 나른해지며 잠이 오듯 졸음이 쏟아질 수도 있다.

두피를 마사지해준다며 손가락 끝으로 내는 서걱서걱한 소리에 또 한 번 머리에 시원한 감각이 온다. 머리를 말리기 위해 드라이기로 귓가에 우웅거리는 소리를 작게 들려줄 때면 바람 소리에 들어있는 살랑거림을 상상해본다. 귓바퀴에 보슬보슬 간지럽게 닿는 따뜻한 바람마저 느껴질 것이다.

머리를 빗겨주는 스르륵거리는 소리에는 두피에 스치는 빗살이 들어있다고 상상해보자. 아프지 않게 두피에 닿는 빗살이 기분 좋은 자극으로 시원하게 느껴질 것이다. 이때쯤이면 영상에 완전히 몰입한 나 자신을 발견할 수 있다. 한 번만 이런 경험을 해보면 그런 걸 왜 보느냐는 말은 하지 않게 될 것이다.

음악에도 여러 장르가 있고, 취향에 맞는 음악을 즐

겨 듣듯 상황극 ASMR도 음악과 같은 취미이다. 소리로 감각을 느끼는 하나의 장르인 것이다. 지금은 상황극 외에도 다양한 ASMR 영상이 활발히 제작되고있지만, 나는 여전히 상황극 장르를 사랑한다. 해외 상황극 ASMR 영상을 보고 매력을 느껴서 ASMR 영상 콘텐츠를 만들기 시작했기 때문이다. 댓글 창을 보면 지금은 구독자 중 상황극이라는 ASMR 콘텐츠를 이해하지 못하는 사람은 거의 없어 보인다.

그렇지만 내가 ASMR을 시작했을 때만 해도 댓글 창에는 과격한 물음표가 담긴 댓글이 가득했다. 욕설이나 성희롱하는 댓글도 많았고, 나의 콘텐츠가 나중에 시간이 지나면 부끄러워질 행동이라며 영상 제작을 진지하게 말리는 이메일을 받은 적도 있다. 하지만 나는 괜찮았다. 그런 댓글이나 이메일은 내겐 그다지 대수롭지 않았다. 스스로 부끄러울 만한 영상을 만든 적이 없다고 확신했기 때문이다.

특정한 상황을 만들어서 그에 맞춰 연기하는 걸 담은 영상이 취향에 맞지 않는 사람이라면 흔히 하는 말로 오글거린다고 느낄 수는 있겠지만, 누군가는 그렇게 만들어진 소리를 좋아하고, 그 소리를 통해서 더 없는 휴식이나 위로를 느끼기도 한다.

때로 타인에게 알리지 않고 받는 위로가 필요하다. 친구나 가족에게 털어놓고 받는 위로가 아니라, 나 혼자 토닥이며 흘려보낼 수 있는 위로의 시간이 필요한 것이다. 아무도 알 수 없도록 아주 긴밀하게 느끼는 것. 때로 스마트폰 속 나를 모르는 사람에게라도 마음을 기대어야만 보낼 수 있는 밤이 있다. 가까운 친구나 가족보다 ASMR 영상이 더욱 편안한 위로를 건넬 수도 있다.

누군가에게 마음을 털어놓는 데는 때때로 용기가 필요하다. 마음을 내보이는 게 늘 쉽지만은 않다. 위로가 필요한 마음을 드러내면 소중하고 가까운 사이인 상대가 나를 이상하게 보지는 않을지, 귀찮아하거나 부담스러워하지는 않을지 걱정될 수 있기 때문이다.

그럴 때 ASMR 콘텐츠는 기댈 곳이 되어준다. 언제든 켜고, 어느 때고 끌 수 있다. 고단한 마음을 다독이는 위로는 취하되, 고민이나 걱정과 함께 마음을 드러내지 않아도 된다. 이것이 ASMR이 지닌 따스한 힘, 다른 콘텐츠가 대체할 수 없는 특별함이다.

사각사각
　　연필 소리로 닿는 위로,
스르르 다가오는 잠 _____

눈으로 느끼는 팅글,
시각적 ASMR

  반복적인 소리나 다양한 자극에 의해 느껴지는 기분 좋은 소름을 팅글(Tingle)이라고 한다. 일반적으로 ASMR 영상은 청각을 이용해 팅글을 유도하는 경우가 많다. 그래서 ASMR 영상 제작자는 듣기 좋은 소리를 많이 연구한다. 그런데 청각만큼 시각에도 ASMR 요소가 상당하다. 소위 시각적 ASMR 영상으로 많이 만들어지는데, 시각적으로 느끼는 팅글이란 무엇일까?

  어릴 적 친구가 내 필통을 가지고 노는 모습을 보면서 나른해지고, 묘하게 머릿속이 간질거리는 경험이라던가, 누군가 색칠 공부 책에 색연필로 색칠하는 모습을 넋 놓고 보다가 잠이 온 적 있다던가, 베란다로 비쳐 드는 햇살을 느끼며 꼬리를 살랑거리는 고양이 모습에 가슴이 간질간질하던 경험, 부드러운 깃털로 무언가를 반복적으로 쓸어내리는 것을 보며 기분 좋은 나른함을 느낀 것 등이 모두 시각적 팅글을 경험한 것이라고 할 수 있다.

나는 메이크업 아티스트 상황극 ASMR 영상으로 ASMR을 처음 접한 이후에, 다른 ASMR 영상도 많이 찾아보던 중 일본인이 촬영한 마사지 ASMR 콘텐츠를 보았다. 마사지하는 손짓을 보여주는 영상이었는데, 누군가에게 마사지해주는 모습이 아니라, 화면에 마사지하는 손짓만을 보여줄 뿐이었다.

신선한 충격을 받은 기억이 있다. 화면에 손짓이 부드럽게 너울너울 왔다 갔다 하면서 천천히 움직이는데, 무언가에 빨려 들어가는 것만 같은 느낌이 들었다. 춤추듯 움직이는 손짓은 내게 최면을 거는 것 같기도 했고, 나른함이 느껴지는 화면에서 눈을 뗄 수가 없었다. 분명 기분 좋은 느낌을 담은 기억으로 남았다.

스르륵 부드럽게 움직이는 손짓은 마치 우아한 발레

를 보는 듯했다. 춤추는 내 손짓을 보면서 나도 모르게 시공간이 멈춘 것 같은 느낌이 들었다. 흔히 말하는 '나는 누구? 여긴 어디?'와 같은 상태였다. 아무 생각도 들지 않고 묘하게 멍한 기분이던 게 분명 ASMR 현상이었다.

눈으로 기분 좋은 팅글을 경험한 후에 직접 ASMR 영상을 제작하면서, 시각적 ASMR 영상도 많이 만들었다. 손을 카메라 화면에 가까이 가져다 대었다가 다시 멀리하기를 반복하고, 몽글몽글한 솜털 귀이개를 화면에 대고 빙글빙글 돌리기도 했다. 그러다 보면 희한하게도 영상을 촬영하던 나에게도 졸음이 왔다. 내가 내 손짓을 보면서 나른해진 거다. 영상을 편집할 때 역시 같은 느낌을 받았다. 심지어 편집하다가 더 이상은 졸려서 집중할 수 없어 한숨 자고 일어나서 마무리한 적도 있다.

영상을 만들다가 문득 그런 생각이 들었다. 요즘 흔한 불멍이나 물멍이 시각적 ASMR과 비슷한 것 아닐까? 아무 생각 없이 넋 놓고 한곳을 바라보는 때에 뇌가 쉴 수 있다는 이야기가 있다. 시각적 ASMR도 불멍이나 물멍도 복잡한 생각은 멈추고, 머리를 쉬게 해주는 역할을 하는 것 같다. 늘 바삐 움직이며 무언가를 담아서 뇌로 전달하는 눈을 쉬게 해서 생각도 마음도 정돈되도록 시각적인 휴식의 계기가 되어주는 것이다.

이팅 사운드 ASMR,
먹여주는 위로

내가 직접 먹는 방식의 이팅 사운드 ASMR(Eating Sound ASMR) 영상으로 많은 지적과 악플을 받았다(이팅 사운드 ASMR 영상은 인기도 많았다. 다만 인기만큼이나 지적과 악플이 높았기에 고민이 컸다). 음식을 먹는 속도나 소리나 입 모양, 표정 같은 게 악플의 주된 이유였다. 천천히 먹는 소리보다 와그작거리며 강하게 먹는 소리에서 팅글을 느끼는 나는 그런 방식으로 소리를 만들며 ASMR 영상을 제작하는 걸 추구했다.

그런데 식사하는 김에 찍는 거 아니냐며 쏟아지는

악플이 달려, 멘탈을 부여잡기 힘들 때도 있었다. 당시 그런 반응이 이해되지 않았고, 억울하기도 했다. 차차 시간이 지나고 내가 만든 이팅 사운드 ASMR 영상을 다시 보며 악플과 지적에 공감하기도 했다. 눈을 이리저리 굴리며, 입에 묻히며 먹고, 입 모양도 웃기긴 했다. 시간이 지나고 비로소 제삼자의 시선으로 나의 영상을 볼 수 있게 된 것이다.

아무튼 당시 이팅 사운드 ASMR 영상은 미니유 채널의 인기 콘텐츠인 동시에 일각에서는 음식을 먹는 게 왜 ASMR이냐는 지적이 나왔기 때문에 나도 찝찝함을 느끼던 콘텐츠였다. 더구나 와그작 강한 소리를 내며 먹는 방식을 추구해서 더더욱 ASMR답지 않게 보였을 것 같다(일반적으로 ASMR은 조용하고 잔잔한 소리라고 생각하는 것 같다).

먹방 영상처럼 음식을 가득 차려놓고 먹는 소리를 들려주는 걸 과연 ASMR이라고 할 수 있느냐는 지적에는 확실하게 설명할 말도 떠오르지 않았다. 그래서 먹방과 차별점을 둔 이팅 사운드 ASMR 영상을 만들 방법이 있을지 고민했다. 이팅 사운드 영상을 ASMR답게 만들려면 어떻게 해야 할지(물론 어떤 것이 ASMR이고 아니고를 판단할 명확한 기준은 어디에도 없다. 모든 게 취향 차이라고 생각한다) ASMR 영상 제작자로서 나만의 ASMR에 확고한 방향성이 있던 터라 더욱 고민할 수밖에 없었다.

그렇게 고민에 고민을 더하던 때 번뜩 떠오르는 생각이 있었다. 발상을 전환하여 내가 먹지 말고, 보는 사람에게 먹여주자는 것이다.

밥만 잘 먹어도 칭찬받던 어린 시절이 떠올랐다. 요즘 세상은 칭찬에 참 인색하다. 겸손을 미덕이라 여기며 스스로 칭찬하기 어려운 사회적 분위기이지 않은가. 칭찬에 메마른 사람들에게 원초적인 칭찬을 퍼부어주고 싶었다. 이는 힐링과 위로를 추구하는 나의 ASMR 방향에도 적절했다.

예쁘게 차려 놓은 음식을 카메라(음식을 먹는 사람)에 가져다 대며, 보는 이로 하여금 먹여주는 걸 받아먹는 느낌이 들게끔 영상을 구성했다. 먹는 소리는 따로 녹음해서 영상에 입혔다. 진짜로 받아먹는 것처럼 음식에 먹은 자국을 내고, 음식이 조금씩 사라지도록 연출했다. 번거로운 작업이었지만, 이런 작업 방식은 이팅 사운드 영상에 대한 나의 찜찜함을 사라지게 했다.

구독자의 반응은 폭발적이었다. 내가 생각한 따스함이 구독자들에게도 전해진 것이다. 댓글에는 어릴 적 기억이 많이 떠오르고 사랑받는 기분이 든다는 반응이 대부분이었다.

└, '톡!' 하고 사탕이 깨지자 뒤에 바로 딸기 과즙이 퍼지는 소리가 따라오면서 어우러지는 게 환상의 콜라보!

└, 언제 봐도 마음이 폭닥폭닥 행복해지는 먹여주는 시리즈.

└, 먹여주는 거 볼 때마다 아기를 챙기는 엄마의 미소가 보여요.

└, 구독자에게 먹여주는 듯한 모션을 취하신 후에, 제 입 안쪽에서 소리가 나는 것처럼 들려서 더 신기해요!

└, 보다 보면 사랑받는 느낌이 들어서 행복해요.

영상에 공감하는 댓글에 줄어드는 악플은 덤이었다. 영상을 보는 사람도 한층 편안하게 볼 수 있었고, 영상을 만드는 나 역시 입 모양이나 표정을 의식하지 않아도 되어 좀 더 편하게 촬영할 수 있었다.

무엇보다도 내가 직접 만들어낸 나만의 색이 담긴

ASMR 영상 콘텐츠라는 게 뿌듯했다. 이처럼 고민을 거듭한 끝에 창작의 기쁨을 만끽할 수 있는 게 ASMR 영상의 매력이다!

사각사각
　　연필 소리로 닿는 위로,
스르르 다가오는 잠 ──────────────────⟩

늘 마음대로
되지는 않지만

　누군가 마사지를 받는 장면을 보거나 메이크업을 받는 모습을 보면 나도 모르게 동일시하여 빠져들 때가 있다. 마치 내가 받는 것처럼 간질간질하고 시원한 기분까지 드는 것이다. 누군가 얼굴이나 몸을 기분 좋게 만져주는 것은 엄청난 ASMR 효과를 주는 것 같다.

　촉촉한 크림을 얼굴에 슥슥 발라주고, 부드러운 털이 가득한 붓으로 얼굴 이곳저곳을 건드리고, 촘촘한 빗으로 두피부터 뒤통수까지 쓸어내려주는 나른하고 간지러운 기분을 ASMR 말고 어떤 것으로 표현할 수 있을까. 그런 서비스를 직접 받을 일이 흔하지는 않으니, 관련 장면을 보면서 대신 힐링하는 게 아닐까. 그래서 그런 류의 영상들이 인기가 있다고 생각한다.

그렇다면 나 역시 얼굴에 직접 메이크업을 받는 영상을 촬영해야겠다고 생각했다. 메이크업 아티스트에게 직접 메이크업을 받는 것이다. 마침 8년 전쯤 나에게 메이크업을 해주었던 구독자에게 연락이 왔다. 같이 영상을 찍어보면 어떻겠냐는 제안이었다. 그때는 브이로그 형식으로 영상을 촬영했는데 이번에는 마이크와 장비를 제대로 갖춰서 ASMR 영상으로 찍어보자는 것이었다.

방음부스가 아닌 외부에서 진행하는 촬영은 꽤 까다롭다. 카메라나 마이크, 조명 같은 걸 챙겨야 하기에 짐도 많고, 촬영 장소가 아주 조용해야 한다는 조건이 있기 때문이다. 그런 조건이 잘 맞아떨어져야 외부로 촬영하러 갈 수 있다.

다행히도, 조용한 골목 안에 있는 메이크업 숍이었고, 공간이 너무 넓지 않아서 소리를 녹음하기에도 적절했다. 아주 넓은 장소에서 녹음하면 소리가 분산되기 때문에, 오히려 좁은 곳을 선호하는 편이다.

꽤 좋은 영상이 나오겠다는 기대와 함께 메이크업 숍에 도착했다. 때는 초가을이라 아직 낮에는 제법 더웠고, 나는 워낙에 더위를 많이 타는 체질이라 메이크업 숍에 도착해 짐을 옮기고 나니 얼굴에 땀이 가득했다. 땀이 가득 난 채로는 메이크업을 받을 수 없기 때문에 잠시 에어컨을 틀고 더위를 식혔다. 촬영을 시작하면 에어컨 소음이 들어가지 않도록 꺼두어야 해서 최대한 촬영 전에 더위를 식히는데, 좀처럼 땀이 식지 않았다. 촬영을 시도해볼까 하고 에어컨을 끄면 바로 또 땀이 맺히곤 했다.

에어컨을 껐다 켰다 몇 번 반복한 후에 가까스로 땀을 식히고 메이크업을 시작했다. 이제 촬영만 잘하면 될 거라고 안심하던 때, 쏴아아 하는 소리와 함께 갑자기 비가 오기 시작했다. 이미 얼굴에 파운데이션까지 발라 놓은 터라, 비가 그칠 때까지 기다린 후에 다시 촬영할 수가 없었다. 할 수 없이 소나기이기를 바라며 그대로 촬영을 진행했다. 그런데 촬영이 끝날 때까지 비는 그치지 않았다.

그 탓에 섬세한 메이크업 소리는 영상에 들어가지 않아서 편집하는 내내 너무 속상했다. 비만 오지 않았어도 완벽한 영상이었을 거라는 아쉬움이 가득했다. 메이크업 숍도 조용하고, 공간 규모도 ASMR 영상을 제작하기에 적절해서 좋은 영상이 나올 거라는 예상은 완전히 빗나갔다. 어쩔 수 없이 우렁찬 빗소리 그대로 영상을 편집해서 올렸다.

많은 사람이 아쉽다는 내용의 댓글을 달 거라고 생각했다. 그런데 의외의 댓글이 달리기 시작했다. 빗소리라는 자연 소음이 더해지니 듣기에 오히려 더 편안하다고 했다. 걱정하던 것과는 완전히 다른 평가가 조금 놀랐고 기분 좋았다. 내가 그동안 너무 틀에 갇힌 생각만 하고 있지 않았는지 뒤돌아보는 계기도 되었다. '어쩌면 조금 힘을 빼도 되지 않을까?' 작은 소음 하나도 신경 쓰던 강박관념에서 벗어나, 조금은 개방적으로 바뀌어도 되겠다고 생각했다.

이 촬영을 통해 모든 게 내가 의도한 대로 되지만은 않는다는 것도 배웠다. 아무리 촬영 준비를 완벽히 했다고 해도, 어쩔 수 없이 천재지변 같은 변수가 나타나듯 우리 인생 역시 뜻대로 흘러가는 법이 없다. 오히려 그 변수로 인하여 더 좋은 영상이 만들어질 수도 있다. 작은 실수나 단점이 의뢰로 더 좋은 결과를 낸 '메이크업 숍' ASMR 영상에 대한 경험은 ASMR 영상을 제작하는 데는 물론 삶의 가치관을 바꾸는 데 영향을 주었다. 바짝 힘주고 있던 어깨의 힘을 풀고, 흘러가는 물에 둥둥 몸을 맡기듯 해도 되지 않을까 하고 생각했다. 영상 하나 촬영하는 것도 마음대로 되지 않는데, 삶이라는 거대한 창작물이 어찌 생각한 대로만 흘러갈 수 있을까 싶던 거다. 일을 하다 보면 이렇게 인생에도 좋은 영향을 주는 통찰을 경험하나 보다.

사각사각
　　연필 소리로 닿는 위로,　　　　　　　　　　　　　◯
스르르 다가오는 잠 ─────────────────────────⟩

···

···

···

···

···

···

···

···

···

···

···

PART

2

힘내지
않아도
괜찮은 날

노력하고 싶지 않은 날이 있다. 바로 어제까지 야망에 불타올랐을지라도 오늘만큼은 모든 걸 내팽개치고 싶은 날에는 사랑하는 이의 조언도 응원도 모든 게 나를 짓누르는 쇳덩어리처럼 느껴질 뿐이다. 그런 날에는 누구에게도 웃어 보이고 싶지 않다. 표정 짓는 것만도 버겁다. 나의 모든 정신이 소모되었다는 뜻이기도 하다. 나조차도 나를 응원하지 않고 가만히 두는 것만이 쉼인 날에 지친 마음을 담백하게 다독여줄 수 있는 ASMR 영상을 전하고 싶다. 작은 힘도 낼 필요 없이, 깊게 생각하지 않고, 그냥 편히 흘려들으면서 즐길 수 있는 콘텐츠를 전하고 싶다.

웃고 있지 않아도
괜찮아요

'표정을 파는 가게'는 애착이 많은 영상이다. 나는 늘 사람을 대하는 게 피곤했다. 행여 다른 사람이 나의 피곤한 표정이나 무표정한 모습을 보면 내게 실망할 수도 있다는 강박 때문이었다. 누구에게도 상처를 주고 싶지 않던 마음은 사람을 대하는 데 많은 에너지를 쏟게 했다. 언제 어디서든 과하게 웃었고, 지나치게 공감했으며, 조금 손해를 보더라도 싫은 내색을 거의 하지 않았다.

'얼굴에 표정을 새길 수 있으면 얼마나 좋을까?' 표

정 때문에 사람 대하는 게 쉽지 않던 나는 마음대로 짓고 싶은 표정을 지어도 사람들이 보는 내 모습은 항상 미소를 띠고 있는 밝은 표정이라면 정말 편하겠다는 생각이 들었다. '웃는 표정'이라는 가면 뒤에서 걱정 없이 마음을 드러낸 표정을 지을 수 있다면, 나도 나를 대하는 사람들도 편할 거라고 생각했다. 그렇게 된다면 표정에 따라 오해하는 것도, 그런 오해를 걱정하는 일도 없어질 것이다.

짓고 싶은 표정을 마음대로 가게에서 사서 표정 관리하는 수고나 감정노동을 덜 수 있다면 많은 사람이 편할 것이다. 특히 서비스업에 종사하는 사람에게 획기적이지 않을까? 사람들은 서비스업 종사자에게는 무의식중에 더 친절하고 밝은 태도와 표정을 기대한다.

그러나 서비스업 종사자라고 늘 밝은 표정을 짓고, 친절한 태도를 취하는 게 쉬울 리 없다. 감정노동이 마치 당연하듯 요구되는 만큼, 이를 벗어날 수 있는 방법이 있다면 유용하겠다고 생각했다. '표정을 파는 가게' ASMR 영상은 이런 필요에 대해 생각하다 보니 만들게 된 콘텐츠다. 나의 경험과 생각을 바탕으로 사람들이 버거워하는 부분에 대해 조금 생각을 달리해서 영상을 만들었다. 영상을 통해 상상에서나마 사람들의 짐을 덜어주고 힐링을 선사하고 싶었다.

'표정을 파는 가게'는 고객의 얼굴 크기와 피부 타입을 고려한 맞춤 표정을 팔고 사는 가게를 구현한 ASMR 영상이다. 원하는 표정을 만들어서 가면에 표정을 입력하고, 가면을 30분만 쓰고 있으면 표정이 얼굴에 자연스럽게 스민다는 설정이다. 이 표정은 상황에 따라 자연스럽게 지어지는 게 특징이다. 언제 어디서든 사용할 수 있는 완벽한 표정과 함께 힘든 감정노동에서 벗어날 수 있다.

얼굴에 특수 제작된 스프레이를 칙칙 뿌리고 손부채질로 휙휙 말려준다. 잘 말려진 얼굴 위에 사각사각 기분 좋은 스케치 소리로 팅글을 만들어냈다. 이 부분에는 우연히 미술관에서 그림을 보다가 문득 이 그림을 그린 화가가 슥슥 연필로 스케치하고 꾸덕한 유화 물감으로 칠하는 장면을 상상하던 경험을 활용했다. 예전에 EBS에서 밥 아저씨가 '참 쉽죠?'라며 그림 그리는 방송을 보면 왠지 모르게 멍해지고 나른해지던 것처럼 잔잔하고 ASMR과 어울리는 좋은 소리를 만들고자 했다. 표정 가면을 제작하며 사각사각 연필로 스케치하는 소리와 손으로 문질문질 하며 그림을 그리는 소리를 연출했다.

　이렇게 정성을 담아서 만든 영상에는 오래도록 기억에 남는 댓글이 달렸다.

> ㄴ 사람의 숨기고픈 여린 부분을 어쩜 이렇게 잘 아실까요? 건드리면 너무 아파서 숨기고픈 부분을 아프지 않게 잘 꺼내서 꿉꿉하지 않게 잘 말려주고, 보송보송하고, 향긋하게 만들어주셨어요.

　구독자의 댓글에는 내가 이 영상을 만든 취지가 잘 드러나 있었다. 친구나 손님에게 "나 당신에게 억지로 웃고 있는데, 너무 힘들어요."라는 말을 꺼내기는 쉽지 않다. 어쩌면 불가능할 만큼이나 어려운 일이다. 그처럼 미처 꺼내지 못하고 혼자 꽁꽁 묻어두었을 마음을 위로하고자 '표정을 파는 가게' ASMR 영상을 만든 것이다. 그리고 댓글을 통해서 나의 위로가 다정히 닿은 것을 확인할 수 있었다. 구독자가 내게 느낀 고마움을 대하며 나 역시 그에게 고마움을 느꼈다. 마음과 마음이 닿는 것은 소중한 일이니까.

　'표정을 파는 가게' 영상처럼 ASMR의 주제는 무궁

무진하다. 어떤 상상도 녹여내어 접목하고 독특한 상황의 영상으로 구현할 수 있다. 이게 바로 ASMR 콘텐츠의 장점이고, 다른 콘텐츠와 구별되는 창의적인 면이다. 바로 내가 ASMR을 사랑하는 이유이기도 하다.

사각사각
　　연필 소리로 닿는 위로, ◯
스르르 다가오는 잠 ————————————————➤

....

....

....

....

....

....

....

....

....

....

....

....

비,
대신 맞아줄게요

폭우가 내리던 어느 봄날, 나는 극심한 악플에 시달리고 있었다. 나를 괴롭힌 악플은 영상에 대한 비판이 아니었다. 나의 외모나 옷차림, 네일아트를 하지 않은 맨손톱, 음식을 먹을 때의 입 모양, 나라는 인간 자체의 촌스러움, 남자친구의 외모, 집에 남자 물건이 없는 것 등 아주 사적인 부분을 지적하는 악플이었다.

말도 안 되는 악플에 스트레스가 극에 달해 어찌할 바를 모를 지경이었다. 마치 학교에서 놀림당하는 학생이 된 기분이었다. 예상치도 못한 부분을 지적해서 나를 어딘가 문제 있는 사람으로 몰아가는 탓에 스트레스가 너무 심해서 정상적인 사고가 안 될 정도였다. 처음에는 '내가 뭘 그렇게 잘못했지?'라는 의문에서 결국 '아, 내가 어딘가 문제가 있는 사람이구나.'라는 생각에까지 다다랐다.

물론 나와 내 영상을 사랑해주는 사람도 많았지만, 어째서인지 칭찬보다는 비난이 더 크게 와닿았다. 그 때쯤 설상가상 나에게 학교 과제로 인터뷰를 부탁한 구독자에게 큰 상처를 받기도 했다. 구독자는 나와 전화 인터뷰를 하기로 약속했는데, 3번이나 약속 날짜와 시간을 바꾸고, 내가 민감한 질문에는 답변하지 못할 것 같다고 했음에도 곤란한 질문지를 보내왔다.

그래도 약속한 것이니 인터뷰에 응하려고 또다시 바뀐 날짜와 시간에 그의 전화를 기다리고 있는데, 약속 시간 5분 전에 문자가 도착했다. 목감기가 걸려 전화 인터뷰를 못 할 것 같으니, 서면으로 작성해서 보내달라는 것이었다. 너무 화가 났다. 이런저런 이유로 바꾼 날짜와 시간에도 싫은 소리 하지 않고 기다렸는데, 갑자기 5분 전에 목감기에 걸려 전화를 못한다니 기분이 너무 상하다 못해 상처가 되었다. 나는 그에게 인터뷰에 응하지 못하겠다고 했다.

그러자 그는 나 때문에 과제를 망치게 됐다며 정말 책임감이 없는 거 아니냐고 화를 내기 시작했다. 마음이 너덜너덜해졌다. 그동안 많은 대학생의 과제 인터뷰에 응해준 나였지만, 이런 적은 처음이었다. 이토록 책임감과 예의 없는 인터뷰 요청도, 그래서 인터뷰에 응하지 않고 거절한 것도 처음이었다. 아무런 대가 없이 나의 영상을 사랑해주는 사람들에게 나 역시 바라는 것 없이 선의를 되돌려주고자 인터뷰 요청을 수락한 것인데, 이런 일이 생길 줄은 상상도 못 했다.

'왜 다들 나를 미워하지?' 하는 자조적인 생각이 이어졌다. 하루 종일 생각하고 또 생각했다. 내가 이렇게 미움받는 이유에서부터, 나를 사랑해주는 사람이 더 많음에도 부정적인 면만 바라보며 괴로워하는 나의 편협함까지 모두 끄집어내어 샅샅이 살펴보며 생각을 거듭했다. 사람들에게 나의 창작물을 보여주고 기뻐하는 일은 내가 그토록 원하고, 하고 싶던 일이 아니었나?

나는 사람들로부터 인정받고 싶은 욕구가 강한 사람이었다. 그러나 잘하는 일(ASMR 영상 콘텐츠를 기획하고 제작하는 것)을 찾는 게 쉽지만은 않았다. 맞지 않는 일도 해보고, 어떤 일이 내게 맞는지 찾다가 마침내 잘하는 일을 찾아냈고, 그 일로 인해 많은 사람에게 긍정적인 평가까지 받을 수 있었다. 많은 이에게 감사를 받는 일을 한다는 건 선물처럼 멋진 일이다. 그렇다면 이런데 집중해야 하지 않을까? 그래야 나의 일을 진정으로 해내는 것이 아닐까? '그래, 나의 일과 나의 일을 사랑해주는 사람들에게 집중하자.'

미움을 받는 것 또한, 나의 일을 열심히 했기에 따라오는 또 다른 작은 부분이었다. 미움을 받는 걸 경험함으로써 더 많은 감정을 이해하게 되었으니 이를 더 좋은 ASMR 창작물을 만들어내는 데 재료로 써야겠다고 생각했다. 생각의 끝에 득도와도 같은 깨우침이 있었고, 마침 봄비가 거세게 내리고 있었다. 내리는 저 비에 흠뻑 얻어맞고 싶었다. 비를 맞으면, 안 좋은 마음과 감정이 씻어질 것 같았다. 나만을 위한 마음이 아니었다. 나를 위해 그리고 어떤 이유로든 과거의 나처럼 마음이 괴로운 이들을 대신하여 비를 맞고 싶었다.

곧바로 카메라와 마이크를 챙겨 아파트 놀이터로 갔다. 처음에는 우산을 쓰고 비를 맞았다. 그런데 우산을 통해 간접적으로 머리 위에 내려앉는 빗방울 소리가 생각보다 둔탁하고 무거웠다. 우산을 내던졌다. 우산을 벗자 비가 직접적으로 내 몸에 닿으며 통쾌한 쾌감이 넘쳐흘렀다. 솨아악. 머리 위로 쏟아진 빗방울은 이내 온몸을 적시고 순식간에 내 몸을 타고 밑으로 떨어져 내렸다. 머리에서 귀를 스치며 떨어지는 빗방울이 꽤나 간지러웠다. 시원한 빗소리를 들으며, 그 비를 맞으며 생각했다. 나를 사랑하는 사람들뿐 아니라 '나를 비난하고 욕하는 사람들까지도 모두 행복해지길.' 진심으로 빌었다. 그들도 어쩌면 큰 괴로움으로 힘든 사람일 것이다. 그리고 이유 없는 비난 역시 나에 대한 관심이라고 생각하며 나를 위로했다.

'그래, 그 마음을 이해하자. 그 괴로움을 받아들이자. 그 비를 대신 맞아주자.' 내가 대신 맞는 비로 사람들이 비를 맞지 않아도 되길, 적어도 함께 맞아주는 사람이 있다고 느끼길 바랐다. 비를 맞는 행위는 괴로움 끝에 내가 찾은 나름의 답이었다. 진심을 그러모아 비를 맞았다. 마음을 담아 누군가의 비를 대신 맞았다. 이런 내 모습이 혹시나 우스꽝스러워 보이진 않을까 걱정하기도 했지만, 진심은 통했다.

ㄴ 누군가 나를 대신해 고난을 짊어져주는 느낌.

ㄴ 이쯤 되면 미니유 님은 절대 돈을 위해서 일하는 게 아니라고 보면 된다. 자기를 지지해주고 응원해주는 사람들에게 희망을 가져다주기 위해 이런 영상을 찍는 거다.

ㄴ 미니유 님, ASMR 아티스트뿐 아니라, 복합적인 힐링 콘텐츠 크리에이터로 거듭나시는 것 같아요.

ㄴ 빗소리가 어쩜 이렇게 깔끔하게 어우러져 들리나요.

영상을 업로드하고 힐링 콘텐츠라며, 덕분에 깊이 위로 받았다는 구독자들의 댓글을 마주할 수 있었다. 그리고 결심했다. '나는 위로 예술을 할 것이다.' 내가 받은 고통과 괴로움이 누군가를 진심으로 위로하고 다독일 수 있는 감정 재료가 된다면, 그것만으로도 가치 있다는 생각이 들었다. 그러니 지치고 힘든 날, 문득 혼자라는 생각에 마음이 외로워질 때면, 누군가 당신의 비를 흠뻑 맞아주고 있음을 기억해주길 바란다.

수면 예찬,
잠자는 게 강제된다?!

나는 잠자는 데 진심이다. 비행기나 기차에서 쪽잠 자는 건 잠으로 치지 않는다. 오랜 시간 푹 자는 잠을 집착에 가까울 만큼 애정한다. 일이나 약속 때문에 다음 날 아침 6시에 일어나야 할 때면 전날 밤부터 매우 예민해진다. 워낙 아침형이라서 알람을 맞추지 않아도 6시면 저절로 눈이 떠지는데도 말이다. 그러니 오랜 시간 자는 걸 좋아하는 건 신체적인 원인보다는 심리적인 이유에 기인한다고 볼 수 있다. 오래도록 휴식하는 상태를 좋아하는 것이다.

이토록 잠을 좋아하는 나는 주변에 잠이 부족한 친구나 지인을 보면 나까지 피곤해지면서 안쓰러운 마음이 들곤 한다. 얼마나 피곤할까? 얼마나 바쁘면 혹은 어떤 이유로 제대로 자지 못한 걸까? 심히 걱정했다. '12시간 수면법' ASMR 영상을 만들 때쯤 요즘 잠이 부족한 사람이 많다고 생각했다. 서점 매대에는 잠자는 시간을 줄여서라도 자기관리를 해야 하고, 성공해야 한다는 내용의 자기계발서가 즐비했고, 방송에서 잠을 많이 자는 건 게으른 것이라는 프레임을 접하기도 했다. 이러한 사회 분위기에서는 잠을 제대로 자기가 더욱 어려울 것이다. '자고 싶은데 제대로 못 자면 얼마나 피곤할까?' 잠 못 자는 누군가를 향해 안쓰러운 마음이 들었다.

SF 영화의 내용처럼 먼 미래를 상상해봤다. 지금처럼 잠이 부족한 사람이 많고, 그런 사람이 점점 많아진다면 훗날 나라에서 강제로 사람들을 자게 할 수도 있겠다는 생각에서 만들어진 ASMR 영상이 '12시간 수면법'이다. 타의에 의한 과도한 업무로 잠이 부족하게 된 사람들 또는 성공을 향한 야망을 위해 잠을 포기한 사람들이 점점 병들고, 죽음에 이르는 상황에 이르자, 나라에서는 강제로 사람들에게 하루에 12시간은 무조건 잠을 자게 하는 법을 만들었다는 설정이다.

12시간 수면을 국가에서 강력하게 법으로 제도화한 것이라서, 사람들은 12시간의 잠을 꼭 채워서 자야 한다. 불면증으로 잠을 자지 못하는 사람들에게는 약국에서 수면제가 처방 및 보급되고, 그럼에도 잠자는 데 문제가 있는 특이체질의 사람에게는 국가에서 전액 지원하는 검사와 치료가 제공된다.

그러나 어떤 완벽한 방안에도 허점은 있는 법이다. 하루의 절반을 잠으로 보내게 된 사람들은 점점 꿈속에서의 삶에 집착하게 되었다. 이 영상의 주요 설정은 꿈속에서의 생활을 더 행복하게 해주는 약을 판매하는 것이다. 꿈속에서 예뻐지거나, 현실과는 다른 바라던 직업을 갖거나, 꿈속에서나마 보고 싶은 사람을 만나게 되는 약을 파는 것이다.

나는 약을 대용할 소품으로 달그락거리는 사탕을 준비했다. 갖가지 예쁜 색상의 사탕은 한눈에 보기에도 어떤 맛일지, 어떤 소리를 낼지 호기심을 자극했다. 사탕을 씹는 소리도 좋았는데, 일반적인 사탕의 아그작거리는 뾰족한 소리가 아니었다. 단단한 솜사탕을 씹는 듯 사그작거리는 가벼운 소리를 시작으로 사라락 입 속에서 눈처럼 녹아내리며 폭삭하는 기분 좋은 소리를 자아냈다. ASMR다운 소리였다.

독특하지만 누구나 공감할 수 있는 스토리와 좋은 소리가 만나 구독자에게 또 하나의 드라마 자장가를 선물했다. 또 하나의 미니유 ASMR 세계관이 탄생했다. 구독자 중 누군가는 이런 12시간 수면법이 정말 생겼으면 좋겠다고 했다. 잠을 한번 실컷 자보고 싶다는 것이다. 12시간의 수면이 강제되길 바랄 정도면 얼마나 푹 자지 못한 것일지 안쓰러운 마음이 드는 한편, 그만큼 이 ASMR 영상에 공감한 것이니 기쁘기도 했다. 앞으로도 부족한 잠에 시달리며 지낼 사람이 많겠지만, 이 영상을 보는 동안만이라도 편안한 마음으로 푹 단잠을 자길 바란다.

언젠가 퀄리티 있는 잠이 유행하는 시대가 왔으면 좋겠다. '나 어젯밤에 포근한 침대에서 오랫동안 기분 좋게 푹 잤어.'라는 말이 자랑이자, 성공의 밑바탕이 될 수 있다면 좋겠다. 적어도 잠자는 걸 좋아하고, 오래 잠 자는 걸 게으르다고 보는 인식이 사라지길 바란다.

커피 한잔할래요?

레트로가 유행하기 전부터 나는 레트로풍을 좋아했다. 옷도, 헤어스타일도 옛날에 유행하던 스타일이 그렇게 예뻐 보이곤 했다. 그러다 보니 ASMR 영상에도 레트로 취향이 영향을 미쳤는지, 간혹 내 영상이 어딘지 모르게 촌스럽다고 이야기하는 구독자도 있었다. 그러나 자칫하면 촌스러움으로 비칠 수 있는 포근하고 정겨운 부분은 애초에 내 채널의 정체성이었다.

'촌스러워지려면 제대로 촌스러워지자.'며 내 채널의 단점을 장점으로 승화시켜보자고 마음먹고선 떠올린 게 어릴 적 엄마에게 종종 들어본 '다방'을 떠올렸다. 다방을 배경으로 ASMR 영상을 찍어야겠다고 생각했다. 나는 다방에 가본 적 없으니, 일단 온라인에서 옛날 다방의 모습이 어땠는지 검색했다. 한눈에 보기에도 예스러운 쨍한 색의 꽃무늬 벽지가 다방 벽면을 장식한 사진이 많이 보였다.

영상 배경을 꾸밀 때 종종 동대문에서 원단을 끊어오곤 했는데, 이번에도 역시 동대문 원단 시장에 가서 원단부터 골랐다. 꽃무늬 원단으로 소파부터 꾸며야 했기 때문이다. 원단은 배경을 꾸밀 때 유용하게 쓰인다. 자잘한 주홍빛 꽃무늬가 놓여있는 원단을 둘러씌워 다방에 있을 법한 소파를 만들었다. 그리고 검은색 테이블 위에 초록색 이파리와 붉고 흰 꽃잎이 있는 원단을 얹어 꾸몄다. 그 위에는 옛날 성냥갑을 올려 좀 더 다방 분위기를 자아내고자 했다.

메뉴판은 갈색 종이를 액자 위에 오려붙이고, 그 위에 궁서체 형태의 손 글씨로 직접 써서 만들었다. 마지막으로 인터넷에서 옛날 영화 포스터를 프린트해서 벽에 붙이는 것으로 그 시절 분위기를 한층 살렸다.

이런 배경을 바탕으로 ASMR 영상을 완성하고 나니 상상하던 옛날 다방의 모습이 온전히 담겨있었다. '다방' ASMR 영상은 지금까지 내가 만든 영상 배경 중 가장 마음에 드는 영상 중 하나다. 상상한 모습 그대로 배경이 구현되어 만족감이 크기 때문이다. 촌스러운 것을 잘 표현하는 나의 능력이 최대한 발휘된 영상이라는 생각이 들었다.

다방은 아마 대부분의 젊은 구독자가 보기에 생소할 것이다. 그러나 접해본 적 없더라도 예스러움이 주는 특유의 따스함이 있다. 다방 ASMR은 바삐 돌아가는 일상에 지칠 때, 세련된 카페 대신 다방에서 쌍화차를 즐기며 힐링과 따스함을 느끼기에 좋은 콘텐츠라고 생각한다.

사각사각
　　연필 소리로 닿는 위로,
스르르 다가오는 잠 ━━━━━━━━━━━━━━━━━━━━━━➔　○　☽

미국 퀸카 고딩의
메이크업을 받아보세요

  소품을 보고 영상에 대한 아이디어가 떠오를 때가 있다. 어느 주말 오후 성수동에서 길을 걷다가 내 눈길을 사로잡는 가게에 걸음이 묶였다. 분홍색의 아기자기한 소품이 가득 진열된 가게였다. 그곳에서 가장 눈에 띈 것은 달력이었다. 달력에 적힌 텍스트가 전부 영어라서 미국적인 느낌이 물씬 났다.

  그 달력 하나에 '미국 고등학생'이라는 키워드가 떠올랐고, 예전에 봤던 <퀸카로 살아남는 법>이라는 영화도 함께 생각났다. 인기 있는 여학생이 되고 싶은 고등학생들의 이야기를 다룬 영화로 재미있게 본 기억이 있다. 가게에서 본 달력이 딱 그런 하이틴 영화와 잘 맞는 소품이라고 생각했다.

'이번에는 미국 퀸카 고등학생이 되어볼까?' 순간 머릿속에 배경이 그려졌다. 분홍색의 아기자기한 소품들로 꾸며진 방. 나는 생각이 나면 재빨리 실행에 옮기는 타입이라 바로 소품들을 구입했다. 가게에는 엽서나 연필 등 미국 느낌이 나는 소품이 많이 있었다. 집에 돌아와서는 곧장 온라인 상점에서 금발 머리 가발도 주문했다. 구입한 소품들로 ASMR 영상 배경을 꾸미고 나니 제법 그럴듯해 보였다.

영화에 나오는 인기 있는 여고생처럼 재수 없는 말투로 연기했다. 한없이 친절한 평소 ASMR 영상과는 달리 톡톡 튀는 말투로 달그락거리며 메이크업해주는 인기 있는 친구, 그러나 그 안에 스며든 기분 좋은 소리만큼은 변함없도록 했다. 소품에서 얻은 아이디어로 또 다른 팅글을 만들어본 시도였다.

나는 메이크업 영상은 주로 후시녹음으로 만든다. 팡팡 파운데이션을 발라주는 소리, 꾸덕한 립스틱을 발라주는 소리, 슥슥 눈썹을 그려주는 소리 등 메이크업할 때 나는 소리는 따로 녹음해서, 영상을 편집할 때 영상과 싱크를 맞춰 입히는 것이다.

영상의 콘셉트는 시니컬해서 심드렁한 느낌도 있었지만, 소리만큼은 언제나처럼 정성스럽게 따로 녹음해서 편집했기 때문에 퀄리티가 상당히 높았다. 친절하지 않아 기분을 나쁘게 하는 영상 속 친구(미국 퀸카)와는 다르게, 소리는 역시나 친절하게도 기분 좋은 느낌을 전하고 있었다. 재미있는 영상인 만큼 댓글 반응도 흥미로웠다.

   ㄴ 미니유 님, 혹시 인간 온천이신가요? 아이디어가 어떻게 이처럼 풍풍 샘솟으세요?

   ㄴ 미국 퀸카 고딩인 미니유가 점찍은 뉴 멤버는 바로 나?!

   ㄴ 여기가 캘리포니아? 눈을 감으면 어느 미국 퀸카 고등학생의 집을 방문한 수수한 주인공이 된 기분.

소품에서 얻은 아이디어에 상상을 더해 색다른 분위기의 ASMR 영상을 만든 것처럼 앞으로도 기발한 영상을 만들기 위해 많은 것을 보고 경험하고 싶다.

사각사각
   연필 소리로 닿는 위로,
스르르 다가오는 잠 ──────────────────────────)

당신의 결혼식에
참석할게요

결혼이라는 게 아직 나와는 상관없는 먼 훗날의 일처럼 낯설게만 느껴지던 때도 있었다. 그런데 영상 댓글에서 고등학교 때 보기 시작했는데 벌써 결혼을 준비한다거나 출산했다는 구독자의 이야기를 대할 때가 있다. 그런 댓글을 볼 때면 생각에 잠기곤 한다. '나보다 어리던 구독자들이 시간이 흘러 결혼하고 아이도 낳는구나.' 세월이 많이도 흘렀다는 걸 느낀다.

중요한 날을 앞두곤 언제나 내 영상과 함께 잠들었다는 구독자들의 말이 '웨딩 촬영 메이크업' ASMR 영상을 만들게 했다. 인생에서 정말 중요한 결혼식 날 전에도 언제나 그랬듯 익숙한 사람의 목소리를 들으며 마음을 가라앉히길 바라는 마음을 영상에 담았다.

'웨딩 촬영 메이크업' 영상을 만들며 지난 10년의 세월이 스치듯 지나갔다. 그 시간 내내 나는 구독자들과 함께했다. 팬 미팅할 때, 강연할 때, 행사가 있을 때 매번 참석해주고 챙겨주던 구독자도 있다. 그들과는 더 이상 유튜버와 구독자의 관계가 아니라 지인이 된 듯하다.

친하게 지내던 구독자 3명의 결혼식에 초대받았고, 모두 참석했다. 결혼식에 참석하는 게 그동안 나를 보러 와준 정성에 조금은 보답이 될 것 같아서였다. 구독자의 결혼식은 정말 묘한 기분이 들었다. 분명 대학을 갓 졸업해 첫 출근을 하거나, 유학을 다녀오는 것을 본 게 엊그제 같은데 벌써 결혼하다니. 말로 표현하기 어려운 느낌이었다. 친구의 결혼식과는 또 다른 기분이다. 주제넘게도 마치 딸을 시집보내는 엄마의 마음이 들기도 했다.

처음으로 결혼식에 나를 초대한 구독자는 영화감독의 꿈을 지닌 친구였다. 그 친구는 직접 만든 빵을 나에게 주고 싶다며, 늦은 밤 우리 동네까지 와서 빵을 한가득 건네주고는 1시간이 넘는 거리를 돌아갔던 친구다. 그 친구의 대학 과제인 영화에 카메오 출연 요청을 받아서 촬영한 적도 있다.

두 번째로 초대받은 결혼식은 내 팬 카페의 매니저이던 친구의 결혼식이다. 그 친구와의 인연은 헤드폰에서 시작됐다. 어느 날 라이브 방송 플랫폼에서 방송 중에 헤드폰을 하나 사야겠다고 이야기했고, 그 친구가 자기가 쓰던 게 있다며 보내주겠다고 했다. 그런 후에 또 다른 생각지도 못한 선물 상자가 도착했다. 그즈음 그 친구는 유럽을 여행했는데 그곳에서 나에게 줄 선물을 사서 상자에 빼곡히 담아서 보내준 것이다. 에스닉한 모양의 분홍색 소원 팔찌와 유명한 프랑스 약국에서 파는 립밤, 고급 초콜릿 세트 등이었다. 선물마다 작은 쪽지에 메시지까지 써서 보내주었고, 그런 인연으로 팬 카페 매니저까지 해주며 오랜 시간 지인처럼 지냈다.

세 번째로 초대받은 결혼식은 나의 라이브 방송에 자주 들어와주던 친구였다. 어느 날 그 친구가 해외로 유학을 가게 되었다. 이제 유학을 가면 라이브 방송에 자주 들어오긴 어려울 것 같다고 해서 굉장히 아쉬워하며 작별 인사했다. 그런데 그 친구는 유학 중에도 한국에 있을 때보다 더 자주 라이브 방송에 들어왔다. 이제 못 볼 것처럼 작별 인사를 나누던 서로가 재밌다고 웃던 기억이 있다.

3번의 결혼식에 참석하며 우리는 어떤 인연일까 하고 생각했다. 평생 1번 스쳐 지나가지도 않았을 생면부지의 사이에서 ASMR이라는 영상 하나로 이런 인연이 이어지다니. 단지 내가 좋아서 열심히 영상 만드는 일을 한 것뿐인데, 그런 나를 좋아해주고 내 영상에 고마워해주는 구독자들에게 늘 감사하다. 가족 외에 누군가에게 이런 사랑을 받아보는 경험은 흔치 않을 것이다. 이처럼 찬란한 나날을 만들어준 그들을 어찌 애정하지 않을 수 있을까. 잠 못 드는 밤 랜선 위에 누워 우연히 시작된 이 고마운 인연을 오래오래 이어가고 싶다. 웨딩 촬영 메이크업이 아니라, 노인정 메이크업을 찍는 그날까지!

퇴근길,
메이크업을 지워줄게요

  몹시 피곤한 하루를 보낸 날에는 집에 돌아가기 직전까지 머릿속에 맴도는 생각이 있다. '메이크업을 어떻게 지우지?' 집에 들어갈 때까지 머릿속에서 빠르게 씻는 시뮬레이션을 돌린다. 집에 가자마자 옷을 벗어서 옷걸이에 걸고, 욕실에 가서 샤워하고, 메이크업을 지우고.

  먼저 매끈한 클렌징 오일을 얼굴에 묻혀 부드럽게 동그란 원을 그리듯 돌려가면서 양쪽 볼을 시작으로 코끝까지 꼼꼼하게 문지른다. 그러고는 물로 헹궈낸

다음 클렌징폼을 손에 짜내 비벼가며 거품을 가득 낸다. 이마부터 턱 끝까지 거품을 듬뿍 묻히고 문지른 다음 미지근한 물에 다시 한 번 헹군다. 이런 식으로 메이크업을 지우는 모습이 계속 떠오른다. 겨우 메이크업 하나 지우는 것 가지고 뭐 이리 유난이냐 할 수도 있지만, 밖에서 힘들던 일보다 집에 가서 씻는 일이 버겁게 느껴질 때가 있다.

너무 하기 싫은 일은 차라리 빨리 닥쳤으면 싶을 때가 있다. 후다닥 해버리고는 자유롭고 싶은 것이다. 아마도 그런 나의 마음을 너무 잘 아는 뇌가 머릿속에 하기 싫은 일을 계속 상기시키는 게 아닐까 싶다.

오롯이 나만의 공간인 편안한 집에서도 구속당하는 것만 같은 중압감에 시달리는 게 너무 싫다. 숙제 같은 게 남아 있다는 게 끔찍하게 느껴진다. 힘든 오늘 하루를 그냥 모두 침대로 내팽개치고 싶은 심정인데, 그 전에 할 일이 또 있다니 보통 성가신 게 아니다.

그러나 난 메이크업을 한 채로 침대에 눕는 건 상상도 못하기 때문에, 집에 오자마자 씻는 것은 기본적인 루틴이 돼버렸다. 내게 침대는 쉼이 있는 공간이고, 쉼이라는 건 내 인생에서 중요한 부분이다. 내게 휴식은 다음 날 사용할 에너지를 만들어 비축하는 것이기 때문이다.

어떤 것에도 속박되지 않은 채, 가장 편안한 옷차림과 깨끗한 얼굴로 침대에 누워서 쉬어야만 진정한 쉼이라는 게 내가 지닌 휴식 취향이다. 이렇게 약간 강박적인 성향인 만큼, 메이크업을 지우는 건 나에게 집에 들어가자마자 끝내야 할 미션처럼 되어버렸다.

집에 들어가면 바로 누워서 더 빠르고 편하게 쉴 수 있도록 메이크업을 지우고 집에 들어가는 것을 상상했다. 정도의 차이는 있겠지만 보통의 여성이라면 이 이야기에 공감하지 않을까 싶다. '퇴근 길, 화장 지워줄게요.' ASMR 영상은 그런 생각을 토대로 만들어졌다.

퇴근길에 메이크업을 깨끗하게 지우고 집에 들어가면 숙제하듯 메이크업을 지워야 한다는 중압감 없이 산뜻하고 기분 좋게 퇴근할 수 있을 것이다. 아직까지 그런 가게가 생기지는 않았지만 상상은 자유이기에, 나의 ASMR 세계관에는 메이크업을 지워주는 가게가 있고, 메이크업을 지워주는 것은 많은 사람이 흔히 이용하는 대중적인 서비스다.

사소하지만 늘 머릿속으로 상상하던 바람을 ASMR

영상에 녹여내는 건 참 재미있다. 상상이 영상을 통해 실현되는 데 느끼는 재미와 즐거움이 ASMR을 제작하는 데 큰 동기가 된다.

보랏빛 그날,
ASMR 초보자의 손길을 담았어요

'귀 청소' ASMR 영상은 내 유튜브 채널을 크게 성장시킨 콘텐츠 중 하나다. 그중 속삭이는 귀 청소 영상은 특히나 내 채널의 정체성처럼 자리 잡았다. 이 영상은 유튜브를 시작하고 초창기에 찍은 거라서, 화질이 좋지도 않고, 편집도 매끄럽지 않다. 그런데도 총 조회수 504만(2023년 8월 초 기준)을 기록하여, 여전히 인기 동영상이다.

이 영상의 인기 비결은 뭔가 능숙하지 않은 것에서 느껴지는 편안함이 아닐까 싶다. 구독자들은 이 영상에 담긴 미숙한 행동에서 순수한 매력을 느끼는 것 같다. '귀 청소' 영상은 유튜브를 보는 사람들이 ASMR이 뭔지 잘 알지 못하고, 나도 ASMR을 알아가는 단계이던 9년 전에 촬영한 것이다. 당시 전문적인 장비도 없고, 그저 해외 ASMR 유튜버를 보면서 따라 하는 수준이던 나는 방 한쪽 침대를 배경으로 영상을 찍었다.

당시 ASMR 영상을 제작하는 게 너무나 재미있어서, 나는 '사는 게 정말 재미있다!', '이 삶이 끝나지 않았으면 좋겠다!'고 느낄 만큼 엄청나게 ASMR에 몰입했었다. 그렇게 ASMR에 몰두하다 보니 유튜브 채널 수익도 발생했다.

처음 받은 유튜브 수익 17만 원으로 마트에 조명을 사러가던 기억이 또렷하다. 방송용 조명 같은 건 생각도 못 하고, 그저 조명은 쓰고 싶던 내가 생각해낸 게 공부할 때 쓰는 책상용 스탠드였다. 대형마트에서 4만 원짜리 책상용 스탠드를 들고 신나게 집에 오던 내 모습이 떠오른다.

길쭉한 책상용 스탠드를 방송용 조명처럼 평편하게 끝까지 세운 다음 불을 껐더니 몽환적인 느낌이 들었다. 예쁜 배경으로 영상을 찍고 싶어서 방 벽에도 분홍색과 보라색에 흰색이 섞인 보송보송한 느낌의 색상으로 직접 페인트를 칠했다. 벽이 파스텔 톤 보라색이던 덕분에 영상에도 은은한 보랏빛이 감돌았다. 그때만 해도 영상을 찍을 때 옷을 신경 쓰지 않았기 때문에 그냥 집에서 편하게 입고 있던 보라색 집업을 입고 찍었다. 영상 색감도, 옷도 보라색이던 그때부터 나의 보라색 사랑이 시작된 것 같다. 보라색은 ASMR 영상을 만들기 시작하던 때를 떠올리게 하기 때문에, 이 색을 보면 편안함과 '고향' 같은 느낌이 든다.

'귀 청소' 영상처럼 무언가 서비스를 해주는 영상들은 대학교 때 마사지 숍에 정기적으로 다닌 경험이 많은 도움이 되었다. 마사지 숍에 대한 경험은 서비스업 관련 영상에서 차를 내어준다거나, 서비스업 말투로 이야기하는 것 등에 많이 활용됐다.

'귀 청소' 영상의 주요 소품이라고 할 수 있는 솜털 귀이개는 해외 영상을 참고한 것이 아니라, 내가 생각해낸 것이다. 솜털 귀이개가 집에 있었는지, 내가 산 것인지는 잘 기억나지 않는데, 그 귀이개를 보자마자 이걸로 '귀 청소' ASMR 영상을 찍어야겠다고 생각했다. 솜털 귀이개를 통해 나는 소리가 생각보다 좋아서 굉장히 뿌듯하던 게 기억난다.

초보자의 손길이 고스란히 담긴 이 영상은 내 채널을 알리는 데 큰 도움이 되어주었다. 그리고 전문 장비를 다 갖춘 지금까지 ASMR 영상 제작을 계속할 수 있게 해주었다. 9년이나 지난 ASMR 영상임에도 여전히 많은 사람이 찾는 내 채널의 전설 같은 영상이 되었다. 그 시절의 열정과 순수함 노력이 깃든 만큼 영상을 보는 구독자들도 순수하던 자신의 모습을 떠올리며 더 기분 좋게 느끼는 것 아닐까.

그 봄날의 기억,
노란 행복에 젖어들어요

'띠리링 띠리링' 후우링 소리가 간지럽게 울려 퍼지며 영상이 시작된다. '봄날 아늑한 귀 청소 가게' ASMR 영상은 분위기 미인 같은 느낌을 준다. 배경이 화려하거나 눈길을 사로잡는 소품이 등장하는 영상은 아니지만, 그 분위기 자체가 온통 봄을 외치고 있기 때문이다.

봄은 마치 분홍색 꽃잎이 살랑이는 작은 바람에 흩날리는 장면처럼 누구에게나 설레고 아련한 느낌을 주는 계절인 것 같다. 꽃잎들이 후우링에 부딪히며 작게 흩어지는 종소리를 낼 것만 같다. 영상 속에는 노란 조명이 은은하게 내려앉고, 흰색 면과 검은색 테두리가 어우러진 격자무늬 배경이 깨끗한 분위기를 자아냈다. 영상 색감과 후우링 소리는 아주 잘 어울려서 봄바람이 불어오는 느낌마저 드는 것 같았다.

ASMR의 매력 중 하나는 소리로 찾는 행복한 기억이라고 생각한다. 향기로운 딸기 냄새를 맡으면 봄이 떠오르듯 어떤 소리를 들으면 과거의 좋았던 기억이 떠오르기 때문이다. 어릴 적 봄이 오면 엄마가 딸기로 잼을 만들곤 하셔서 나는 봄이라는 계절을 딸기잼 만드는 소리로 기억한다. 커다란 냄비에 딸기를 가득 넣고 설탕과 함께 팔팔 끓이던 소리는 물이나 국을 끓이는 소리와는 달랐다. 폭닥폭닥 소리와 진하고 달콤한 딸기향을 내뿜던 냄비가 기억에 선명하다. 그 소리와 향에 취하기라도 한 듯 행복한 기분에 젖곤 했다.

그리고 시간이 흘러 '봄날 아늑한 귀 청소 가게' 영상 자체가 추억이 되었다. 이 영상을 보면 영상을 만들던 때와 봄에 대한 느낌이 연이어 떠오른다. 봄의 추억을 위해 만든 영상이 그 시절을 소환했기 때문이다. 추억이 추억을 낳은 것이다. 이제 나의 구독자들은 '봄날 아늑한 귀 청소 가게' 영상에서 나던 소리를 또 들려달

라거나, 그런 분위기의 영상을 다시 만들어달라는 댓글을 남긴다. 그 영상 자체가 완전히 과거가 되었고, 추억이 된 것이다.

영상은 과거가 되었지만 미니유는 과거가 되지 않도록 혹은 먼 훗날 더 멋진 과거로 기억되기 위해서, 나는 영상 작업을 쉬지 않을 것이다. 그리고 언젠가 내 채널이 영원히 과거가 되는 날 '봄날 아늑한 귀 청소 가게' ASMR 영상처럼, 미니유와 그 채널이 어떤 계절로 기억되기를 바란다. 돌아오는 계절마다 특유의 익숙함으로 영상을 대하는 이의 언 마음이 녹을 수 있도록.

사각사각
　　연필 소리로 닿는 위로,
스르르 다가오는 잠 ————————————————————————➤

투박한 서투름이
힐링이 됩니다

　예전에 마사지 숍에 다닐 때 대부분 숙련된 마사지사가 마사지를 해주었지만, 간혹 일을 시작한 지 얼마 안 되어 보이는 초보 마사지사가 마사지를 해줄 때도 있었다. 초보 마사지사는 티가 나곤 했는데, 마사지의 기술보다는 방식에서 느껴지는 차이였다. 마사지를 하는 손의 움직임이 물 흐르듯 움직이지 않고, 딱딱 끊어지는 느낌이 들었다. 여기서부터 여기까지는 손가락으로 누르고, 여기는 손바닥으로 밀고, 이런 기술을 마치 머리에 선을 그어서 하는 듯한 서툰 느낌이 들었다. 그러나 대충하는 건 아니라서 마사지 강도는 숙련된 마사지사가 하는 것보다 더욱 '꾹꾹' 셌다.

그때의 기억을 떠올려서 나 역시 초보자가 되어보기로 했다. 다른 ASMR 영상에 등장할 때보다 서툴고 초보자 특유의 열심인 모습으로 구현하고 싶었다. 어떤 직군의 초보자가 되어볼까 고민하다가 문득 떠오른 기억이 있었다.

미용실에서 좀 서툴러 보이는 헤어디자이너가 머리를 해줄 때가 있었다. 확실히 숙련된 전문가와는 조금 다른 느낌의 투박함이 느껴지곤 한다. 많은 사람이 그러하듯 나 역시 숙련된 사람이 내 머리를 맡아주기를 원했지만 서투른 실습생만의 매력이 느껴졌다. 내 머리를 한참을 빗는다거나, 머리를 잡을 때 아주 조심스럽게 만지거나, 손이 느려서 시간이 오래 걸리는 것 등에서 초보자 티가 많이 났다. 처음부터 자신감 없어 보이던 그 직원은 커트할 때도 내내 불안해보였고, 뭔가 스스로 못마땅한 표정을 짓곤 했다. 샴푸를 해줄 때는 내 머리가 마치 솜사탕이라도 된 듯 아주 조심스럽게 감겨주었다.

평소 나는 힘 있게 마사지하듯 샴푸를 해주는 걸 좋

아하는 편이지만, 혹시 내 머리가 아플까 조심히 다루는 게 어쩐지 기분 좋았다. 그는 급기야 드라이를 할 때는 내가 요청한 안쪽으로 머리카락이 말리는 모양이 나오지를 않자, 선배 디자이너에게 도움을 청하기도 했다. 선배 디자이너는 그럴 수 있다는 듯 시범을 보여주며 어떻게 해야 머리가 안쪽으로 잘 말리는지 설명해주었다.

어쩌면 손님 입장에서 썩 유쾌한 경험은 아닐 수 있다. 같은 시술 비용으로 덜 만족스러운 서비스를 받으니 말이다. 그러나 만족스럽지 않은 그 순간에서, 나는 ASMR 영상의 소재를 찾을 수 있었다. 숙련되지 않은 직원에게 받는 미용이 좋은 기분으로 다가올 수도 있다는 걸 알게 된 것이다. 나를 조심스럽게 대하는 태도에 힐링이 되던 것이다. 그래서 실습생 버전의 미용실 ASMR을 생각하게 되었다.

미용 실습생이 숙련된 전문가보다 머리를 만지는데 시간이 오래 걸리고, 손길이 어색하고 투박한 점이 ASMR다운 요소라고 생각했다. 그 느낌만 잘 표현하면 많은 사람이 공감할 수 있는 영상이 나올 거라는 생각이 들어서 다른 영상보다 서툴러 보이도록, 하지만 실습생 특유의 아주 열심히 하는 모습을 구현했다.

나의 경험에 많은 사람이 공감한 것인지, 이 영상의 인기는 높았다. 역시 나뿐만 아니라 많은 사람이 이런 상황에 공감하고있다는 생각에 기분이 좋았다. 이 영상이 더욱 인상적인 건 뜻밖의 상황에서 ASMR 요소를 발견하여 만든 것이기 때문이다. 이럴 때 정말 짜릿함을 느낀다. 그렇게 내가 영상에서 표현해낸 것에 많은 사람이 공감할 때면 ASMR 영상 제작자로서 큰 기쁨을 느낀다.

병원에서
위로해드려요

    병원과 관련된 영상은 나의 채널에서 언제나 인기가 높다. 다른 ASMR 영상에 비해 조회수가 잘 나오고 댓글 반응도 유독 좋다. 수술 소리를 구현하는 데 자신감도 자부심도 높은 편인데, 수술 소리가 너무 생생하게 실감이 나서 진짜 수술한 것 아니냐는 댓글을 보고 한참을 웃은 기억도 있다.

    병원이나 수술 관련 ASMR 영상을 촬영할 때는 최소한의 고증은 필요하다고 생각해서 관련 영상을 찾아서 공부한다. 렌즈 삽입술 영상을 촬영할 때도 그랬다. 나는 받아본 적 없는 시술이기에 관련 영상을 많이 찾아봤다. 수술하는 순서나 방법을 어느 정도 알고 있어야 비슷하게 소리를 만드는 데 도움이 되기 때문이다. 렌즈 삽입술을 받은 사람은 실제 수술받을 때와 너무 다르지 않아야 영상에 더 몰입할 수 있을 거라 생각했다.

'렌즈 삽입술' ASMR 영상을 만들면서는 ASMR의 시각적인 요소와 청각적인 요소 두 가지를 다 잡고 싶었다. 그래서 카메라 렌즈에 투명한 랩을 씌워서 정말 눈을 수술하듯이 렌즈에 시각적 요소를 가득 담기로 했다. 눈을 마취하는 장면을 위해 렌즈를 향해 마취약을 똑똑 떨어트려 넣었다. 눈에서 수술이 이뤄지는 장면을 묘사하기 위해 투명한 슬라임을 렌즈에 붙이고 수술 도구로 휘적거렸다. 수술 시 눈이 뿌예지는 장면을 연출하고 싶었기 때문이다.

이런 식으로 수술하는 모든 장면을 렌즈에 직접 실행했고, 눈을 수술하는 듯한 끈적이고 물컹이는 소리를 만들어 영상에 입혔다. 대부분 수술 소리를 위해 생고기나, 젖은 수건 등으로 소리를 만드는 편인데, 눈 수술인 만큼 젤리와 꿀을 이용했다. 무언가 말랑하고 찐득하게 물컹한 것을 날카로운 바늘이 콕 하고 찌르는 소리를 내기 위해서였다.

여러모로 공들인 영상인 만큼 듣는 사람들도 좋아해 주었으면 하는 마음이 여느 때보다 더 컸다. 특히 내가 만든 시각적인 효과를 알아주었으면 하는 마음이었다. 아니나 다를까 자꾸 눈이 시린 기분이 든다며 4D 아니냐는 재미있는 댓글도 달렸고, 시청각적으로 레전드를 찍었다는 칭찬 댓글도 달렸다. 나의 노력을 알아주는 것 같아서 만족스럽고 행복한 기분이 들던 때에 한 댓글이 눈에 띄었다.

> ㅣ, 오늘 하루 너무 고되고 외로웠는데, 영상이 올라와서 좋네요. 미니유 님에게도 저처럼 외로운 밤이 많았을까요? 그래서 이렇게 다른 이의 밤을 위로하는 법을 잘 아시는 걸까요? 감사합니다.

이 댓글을 보고 생각이 많아졌다. 사실 이번 영상은 누군가를 위로하거나 다독이려는 의도보다는 실제 수술하는 느낌에 치중한 영상이었다. 이런 영상을 보면서도 누군가는 위로받고, 그것에 대해 고마워한다는 데 문득 '이게 뭐지?' 하는 생각이 들었다. 소리나 시각적인 연출에 대한 칭찬만을 바랐던 나 자신이 조금 부끄러워지기도 했다.

사람들에게 위로가 될 수 있는 ASMR 영상을 만들고 싶던 과거의 포부와는 달리, 소리를 내고 영상 화면을 구성하는 데만 집중하게 된 것은 아닐까 하며 반성하는 마음이 들었다. 수술 ASMR이 구독자들에게 힐링을 주는 영상인지 고민하기도 했다. 그런데 의외로 그 영상 댓글에 지친 하루 끝에 위로가 되었다는 댓글이 많이 달렸다. 내 영상을 보는 사람들에게 따뜻한 말을 건네고 위로해야만 위로가 아니라는 걸 깨달았다. 힘든 하루의 끝에, 좋은 소리와 생생한 상황을 연출해서 영상에 더 몰입할 수 있게 해주는 것 자체가 위로이고 힐링이라는 걸 다음 댓글을 보며 더욱 확실히 느꼈다.

ㄴ 제가 렌즈 삽입 수술 받았을 때처럼 소리가 생생하고, 시각적 효과가 엄청나서 보는 내내 아무 생각도 안 들고 바로 잠들었어요.

상황에 맞는 생생한 소리를 만드는 일에 조금은 더 자부심을 가져도 된다는 것을, 나의 ASMR 영상에 몰입하느라 아무 생각도 들지 않았다는 건 내 영상이 최고의 위로가 되었다는 걸 뜻한다는 걸 알게 되었다.

PART

3

기댈 곳이
필요한 날

문득 혼자라는 사실이 두렵기만 할 때가 있다. 누구라도 좋으니 이 다친 마음을 어르고 달래주었으면 싶고, 간절히 누군가 내 옆에 있어 주었으면 하는 날이 있다. 그럴 때 손쉽게 스마트폰을 열어 누군가 함께하는 기분을 느낄 수 있도록 해주는 게 ASMR 영상이다. 인스턴트 같은 위로라도, 천금 같은 위안이 될 수 있다. 힘든 누군가에게 기댈 곳이 되어줄 수 있다면, 손쉽게 찾을 수 있지만 가볍거나 거짓되지 않은 위로일 것이다. 그런 까닭에 ASMR 영상 제작자인 나는 최선을 다해 영상에 위로를 담는다. 나의 작은 말 한마디가 지친 사람의 마음을 얼마나 깊이 파고들 수 있는지 잘 알기에 예쁘고 다정한 말만 고르고 골라, 할 수 있는 한 가장 깊은 진심을 담은 목소리를 전한다.

인어공주, 사랑 때문에
너를 포기하지 마

인어공주의 꼬리는 나에게 사랑이 끝난 후에 너덜너덜해진 마음을 떠올리게 했다. 왕자와의 사랑을 위해 꼬리를 포기한 안타까운 인어공주. 인어의 정체성을 포기할 만큼 모든 걸 걸고 사랑했지만, 결국 돌아온 것은 혼자 한 사랑의 고통이었다. 지난 사랑을 떠올리면서 인어공주의 마음에 공감했고, 인어공주의 꼬리를 보면 마음이 아파왔다.

이미 끝난 사랑에 희망을 걸며, 그의 일거수일투족에 의미를 부여하던 어리석은 나날이 떠올랐다. 차가운 말투에서 그의 식은 마음이 온통 드러나며, 상대방의 변화를 느끼며 마음이 갈기갈기 찢기는 고통을 느낀 사람이 나 말고도 있을 것이라고 생각했다. 그 마음을 인어공주의 꼬리에 대입해보니, 너덜너덜해진 꼬리의 모습이 너덜너덜 상처 입은 아픈 마음을 대하는 것만 같았다.

'인어공주의 꼬리를 치료해주자.' 끝난 사랑에 힘들어하는 사람들을 위해, 변해버린 연인 때문에 아파하는 사람들을 위해서 인어공주의 꼬리처럼 너덜너덜해진 마음을 치유해주고 싶었다.

긴 꼬리로 바다를 누빌 때 가장 아름다운 인어공주에게 꼬리를 되돌려주는 것이다. 더 이상 어울리지 않는 다리는 그만 잊으라고 하고 싶었다. 얼마든지 원래의 너로 돌아갈 수 있다고, 네 본모습으로도 사랑받기에 충분하다고, 그 모습을 사랑해줄 이가 분명히 있을 거라고 응원하고 싶었다.

빛을 잃고 여기저기 흩날리며 떨어진 비늘들, 잘려 나간 꼬리 끝, 꼬리에 뒤엉켜서 도무지 떨어져 나가지 않는 해초 더미로 이별의 아픔을 표현했다. 사랑의 흔적을 털어내듯, 떨어진 비늘을 사악사악 붓으로 쓸어내렸다. 비늘이 한 움큼 떨어져 나가도 괜찮다. 분명 다시 자라날 것이니까. 사각사각 비늘들이 떨어지는 소리는 아픈 흔적을 털어주는 듯했다. 뒤엉킨 해초 더미를 집게로 집어올리자, 뒤엉킨 기억이 걷히는 듯 철커덕 시원한 소리가 났다.

반짝이며 빛나는 인어공주의 비늘들이 보이기 시작했다. 군데군데 비어있긴 했지만, 빈자리에는 새 비늘이 자라날 것이고, 여전히 아름다운 인어공주의 꼬리였다. 조금씩 물을 부어서 꼬리를 깨끗히 씻어주었다.

잔잔하게 찰랑이는 물소리가 사랑의 상처에 아픈 마음을 정화해주기를 바라는 마음이었다. 상처로 벌어진 마음을 꿰매듯 비늘을 꿰매주었다. 사악사악 바늘이 비늘 사이를 통과하는 소리가 이제 다 괜찮다고, 나아질 거라고 말해주는 듯했다.

그렇게 털어내고, 씻어내고, 꿰매어 본래 인어공주의 꼬리로 복원되었다. 복원된 인어공주의 꼬리처럼 영상을 보는 이들이 아픈 시간을 끝내고 다시 예전의 자기로 돌아가 당당한 인어공주가 되길, 자기 모습 그대로 새로운 사랑을 시작하길 바랐다.

나를 포기하면서까지 얻어야 할 사랑은 없다는 걸,

사랑의 아픔으로 잠 못 이루는 많은 인어공주에게 전하고 싶다.

마음을
다려드려요

유독 마음이 찝찝한 날이 있다. 구겨질 대로 구겨지고 온갖 냄새가 묻은 채로 나뒹구는, 심지어 어떤 곳은 헤져서 다신 입을 수도 없을 지경인 것처럼 보일 만큼 상처 입은 마음이 깊어질 때가 있다.

그러나 다시는 입을 수 없을 것 같은 옷도 깨끗하게 세탁하고 말려서 빳빳하게 다리고 헤진 곳을 잘 수선하면 언제 그랬냐는 듯이 새 옷처럼 멀쩡해지기도 한다.

나에게 많은 고민을 털어놓는 구독자들을 보며, 고민하는 그 마음이 깨끗하게 나아질 수 있는 세탁물이

길 바랐다. 그런 마음은 어느 날 인스타그램 DM을 확인하며 더욱 깊어졌다.

DM을 잘 확인하지 않는 터라 한꺼번에 메시지를 몰아서 볼 때가 많은데, 수년 전부터 꾸준히 내게 메시지를 보내는 구독자가 있었다는 걸 알고서는 깜짝 놀랐다. 이미 지난 그의 이야기를 소중히 대하며 읽었나.

그녀는 가고 싶던 대학교에 합격하던 날, 남자친구와 헤어진 날, 자격증 시험을 보던 날, 취업 면접을 보던 날, 첫 출근한 날, 회사에서 힘든 일이 있던 날 등 기쁘거나 힘든 일이 있을 때면 마치 일기장에 한 자 한 자 꾸욱 눌러 쓰듯이 메시지를 보내왔다.

메시지에는 내가 메시지를 읽지 않아도 괜찮다고 적혀있었다. 그녀는 자신이 가장 편안하다고 느끼는 영상을 만드는 사람인 나에게 그저 주절주절 이야기하는 것만으로도 큰 위안이 된다고 했다. 내게 위안을 주고 이야기를 털어놓을 상대가 되어주어 고맙다고 했다.

어째서 그 메시지를 그제야 보게 된 것인지는 모르겠지만, 고마운 마음과 미안한 마음이 뒤섞인 답장을 보냈다. 몇 년간 차곡차곡 쌓인 지난 이야기에 단 몇 자의 글로 답할 수 있는 것인지는 모르겠지만, 진심이 전해지길 바라며 마음을 담은 메시지를 보냈다. 그리고 생각했다. '누군가에게는 내가 기쁜 소식이든 슬픈 소식이든 이야기를 전하고 싶은 존재가 될 수 있구나.'

이런 생각은 '마음세탁소'라는 ASMR 영상으로 만들어졌다. 잔뜩 구겨지고 헤진 마음의 옷을 구석구석 살펴본 다음 세탁을 시작한다. 먼저 향기로운 마음 세제로 보글보글 거품을 내어 조물조물 꼼꼼히 문지른다. 찰랑이는 물소리와 보글거리는 거품소리가 잘 어우러져 듣기 좋은 마찰음이 났다.

> **"마음이 한결 청량하고 상쾌하고 푸릇푸릇해지셨을 거예요.**
> **부드러운 세제 거품이 마음을 감싸고 청량함을 줄 거예요."**

예쁜 말이 가득 담긴 대사를 통해 말이 주는 힘도 잊지 않았다. '딸각, 또르륵' 힐링 표백제라는 라벨이 붙은 표백제의 뚜껑을 열고 액체를 세탁물에 뿌려서 더 하얗고 깨끗하게 세탁했다. 치이익치이익. 세탁이 끝난 후에는 다리미로 빳빳하게 펴냈다. 그러고는 바늘로 단추까지 짱짱하게 달았다. 완벽한 새 옷(새 마음)이 되는 순간이었다.

구겨지고 헤진 마음을 깨끗이 세탁하고 다려주는 세탁소는 내가 나를 찾는 이들에게 언제나 답할 수는 없지만, 마음이 잔뜩 구겨진 날 나를 찾았을 때 조금은 산뜻해지기를 바라는 마음을 담은 ASMR 영상이다. 다정한 마음이 안온하게 닿길 바라며.

친구야,
우리 집에서 자고 가

    바다와 강아지 그리고 호텔! 이것만큼 힐링되는 조합이 또 있을까. 여름휴가차 강아지 팅글이를 데리고 강릉으로 가족여행을 떠났다. 반려견 동반 호텔에 탁 트인 오션뷰 룸에 묵을 기회를 놓칠 수 없었다. 여행길에 카메라와 마이크, 삼각대 등의 촬영 장비를 챙겼다. 여행 중에라도 어떤 장소가 마음에 들면 자연스럽게 촬영하고 싶은 욕심이 생기곤 하기 때문이다. '여기서 ASMR 영상을 찍으면 얼마나 좋을까?' 하는 마음이 드는 것이다.

대부분의 ASMR 영상은 방음부스 안에서 콘셉트에 맞는 배경을 꾸며놓고 촬영한다. 그렇기 때문에 아주 다양한 공간을 영상으로 보여주는 데는 한계가 있다. 그래서 좀 더 넓은 공간으로 여행할 때면 고민에 빠지곤 한다. 다양한 공간을 배경으로 화면을 연출하고 싶은 욕심에 '아, 장비 챙겨 가서 영상 찍을까?'라는 미니유의 마음과 '그냥 마음 편히 놀고 오고 싶다'라는 유민정의 마음이 충돌하기 때문이다.

영상을 제작하기 시작하던 때는 대부분 미니유가 이겼고, 요즘은 유민정이 이길 때가 많다. 막상 장비를 챙겨 가서 영상을 찍으려고 해도 주변 소음 때문에 내가 구독자에게 전하려는 소리가 온전히 영상에 담기기 어려워서 촬영을 포기하는 경우가 많기 때문이다. 그러나 강릉여행에서만큼은 꼭 담고 싶은 장면이 여럿 있었다.

게다가 전에도 머무른 호텔이라 방에서 보이는 풍경도 기억하고 있었고, 그 풍경을 어떻게 담을지도 구상이 딱 잡혔다. 호텔 테라스 밖으로 아주 넓고 파란 해변이 손만 뻗으면 닿을 듯한 거리에 펼쳐져있었다. 보기만 해도 시원하고 탁 트이는 기분이 드는 곳이었다. 이

전에 장비를 가져가지 않아 후회한 기억도 있어서 꼭 촬영하고 싶었다.

'친구야, 우리 집에서 자고 가' ASMR 영상은 파도 소리를 곁들인 전화 통화로 시작한다. 이 영상은 바닷가 마을로 이사 간 친구의 집을 방문하는 콘셉트로, 마침내 방문한 친구에게 방을 안내해주는 내용을 담고 있다. 친구에게 안내한 방의 침대에는 강아지 팅글이가 누워있다. 바다가 보이는 침대에 누워서 편히 쉬고 있는 강아지가 담긴 장면은 힐링의 정서를 그대로 전해주었다.

이 영상에는 공간 외에도 힐링 포인트가 있는데, 바다가 보이는 방의 여유로움이 힐링의 시작을 보여주었다면, 친구의 메이크업을 지워주는 건 본격적인 힐링을 전했다. 소리는 상상을 생생하게 만들어준다. 철썩철썩하며 찰랑이는 파도 소리가 모래 속으로 스며들 때 들리는 샤악 하는 소리는 마치 탄산음료의 소리와도 비슷했다.

그 소리가 귀를 간지럽히는 동시에 부드럽게 메이크업을 지워주는 친구의 손길이 얼굴을 만지는 것을 담고자, 꾸덕하고 쫀쫀한 거품소리며 쫀득한 귀 마사지 소리까지 곁들였다.

하지만 침대 장면을 찍으니, 바다가 보이지 않는 게 아쉬웠다. 다행히 그 아쉬움은 친구에게 돌아눕기를 권해서 자연스럽게 오션뷰를 담으며 해소되었다. 바람에 흩날리는 새하얀 커튼이 주는 시각적 팅글까지 힐링 포인트가 많은 영상에 힐링의 정점을 찍기 위해 욕조에 물을 받았다.

촤아악 욕조로 물이 떨어지기 시작했다. 이번엔 친구에게 반신욕을 권하는 장면이다. 욕실 창문 밖으로는 푸른 바다가 보이고, 파도 소리가 들리는 욕실에서 친구의 등에 비누칠해주는 장면에는 폼폼한 비누 소리를 곁들였다. 기분 좋은 반신욕을 하며 뽀송하게 씻고 나온 친구의 까슬거리는 머리를 잠들 때까지 만져주며 영상은 끝난다.

다정한 정서를 담은 영상을 많이 제작하는 나에게 구독자들은 영상에서 따뜻한 온기가 느껴진다고 한다. 현실에서는 느껴보지 못한 따스함에 위로받는다고 이야기한다. 영상에서 표현되는 다정함 덕분에 여유롭고 느긋하게 힐링할 수 있다고 한다. 현실이 아닌 상상을 곁들여 정서적으로 몰입해야 하는 영상 콘텐츠일 뿐이지만, 어쩌면 현실에서 쉬이 대할 수 없는 다정함이 영상 안에 가득하다고, 잠시라도 그 다정함에 기분 좋게 푹 잠길 수 있다고 했다.

나의 ASMR 영상을 기분 좋게 봐주는 구독자들에게 내 영상이 자이언티의 '꺼내먹어요'라는 노래처럼 소비되었으면 한다. 그렇게 꺼내먹어졌으면 좋겠다. 마음이 텁텁하고 메말라서 인스턴트 같은 촉촉함이라도 필요할 때 스마트폰으로 손쉽게 꺼내 위로받을 수 있다면, 그러한 위로가 현실에 기반한 것이 아닐지라도 본연의 기능을 한 것이라고 생각한다. ASMR 영상의 순기능은 그것만으로도 충분하지 않을까.

사각사각
　　연필 소리로 닿는 위로,
스르르 다가오는 잠 ━━━━━━━━━━━━━━━━━➤

상처라는 재료로
치료해줄게요

학교 보건실 특유의 나른함을 기억한다. 아주 밝은 형광등 조명이 켜져있고, 새하얀 커튼 사이로 햇빛이 들어오곤 했다. 무엇보다 따듯한 침대 덕에 더욱 나른해지고 잠이 왔다.

나는 보건실에 자주 가는 학생이었다. 누워서 쉬다 오기보다는, 늘 속이 울렁거리는 탓에 소화제를 먹으려 자주 들렀다. 성인이 되고 나서야 속이 안 좋던 게 위장 문제가 아닌 정신적인 문제라는 걸 알게 됐다. 그때는 이유를 알 턱 없기에 애꿎은 소화제만 들이켰다.

나는 늘 초긴장 상태로 학교에 다니는 학생이었다. 준비물 하나, 숙제 한 번이라도 깜빡하면 세상이 무너지는 줄 알았다. 지각은 상상도 할 수 없었다. 혹시라도 수학 시간에 칠판에서 문제를 풀 학생으로 번호가 불릴까 봐 내 번호와 날짜가 같은 날에는 가슴에 돌덩이를 얹은 듯했다. 제비뽑기로 짝을 바꾸는 날이면 혹시 나와 짝이 된 아이가 날 싫어할까 봐 차라리 혼자 앉기를 바랐다.

그렇게 나의 학교생활은 늘 심장이 두근거리고, 속이 울렁거리던 나날로 기억된다. 학교라는 곳은 내게 그처럼 깊은 트라우마를 남기고 이제는 과거로 사라져 갔다. 그러나 누군가 나와 비슷한 학교생활을 하는 학생이 있을 거라고 생각했다. 그래서 친절하고 다정한 보건 선생님이 되어보기로 했다.

안타깝게도 보건실을 떠올렸을 때, 친절하고 다정한 보건 선생님이 기억나지는 않는다. 기억에 남는 보건 선생님도 없다. 내가 보았던 보건 선생님은 대부분 쌀쌀맞고, 차가웠다. 지금 와서 생각해보면 아마 꾀병을 부려 수업을 빠지려는 목적이 있을까 봐 그랬을 거 같기도 하지만 가뜩이나 긴장이 심해서 학교생활이 힘들던 어린 나에겐 그런 보건 선생님의 태도가 긴장을 더한 아쉬움으로 남아있다. 내게 아쉬움이 남은 만큼, 영상을 보는 사람에게는 다정함과 친절한 보건 선생님의 모습을 보여주고 싶었다.

어떻게 연기하면 좋을지 생각했다. 보건 선생님은 아니었지만, 머릿속에 떠오르는 선생님이 있었다. 그녀는 담임선생님도, 내가 배우는 교과목을 가르치던 선생님도 아니었다. 누군지 잘 모르는 선생님이었지만, 무슨 일 때문인지 교무실 소파에 앉아있던 내게 "어디 아프니?" 하고 걱정스러운 표정으로 물어봐준 기억이 너무도 또렷했다. 그 기억이 따뜻했다.

그때 선생님 말투와 표정이 얼마나 다정했는지. 십 수 년이 지나고도 기분 좋은 따스함으로 기억에 남아있다. '그래, 그 선생님의 느낌으로 해보자' 몇 마디만으로도 따스함을 전할 수 있는 진심 어린 느낌을 구현하기로 했다.

그렇게 내가 만들어낸 보건 선생님은 학생이 말하지 않아도 느껴지는 아픔을 토닥이는 사람이었다. 나는 보건 선생님이 되어 달칵 연고 뚜껑을 열고 상처 부위에 면봉으로 척척 약을 발라서 아픈 몸을 치료해주었다. 정말 치료해주고 싶던 건 마음이었다. "요새 무슨 고민이 있거나 그렇지는 않아? 혹시 너무 마음이 힘들거나 큰 고민이 있으면 선생님한테 찾아와도 돼. 같이 의논하고 이야기하고 그러자." 다정한 말로 영상을 보는 이의 마음까지 치료해주고 싶었다.

'보건실' ASMR 영상을 내 유튜브 채널에 업로드한 후에 인스타그램 DM을 하나 받았다. DM에는 고등학생 시절을 온통 나와 함께했다는 구독자의 이야기가 담겨있었다.

나처럼 학교가 늘 긴장의 대상이었다던 그는 지우개 하나라도 빼먹고 올까 하는 강박에 시달렸고, 시험 전날이나 반 배정 전날, 짝을 바꾸는 날 등 학교에서의 모든 날을 나와 같이 보냈다고 했다. 그리고 내게 고마움을 전했다. '보건실' ASMR 영상을 보며 과거 학교생활의 긴장과 상처를 치료받는 기분이 들었기 때문이라고 했다.

나를 닮은 구독자의 사연을 접하고, 상처받아본 사람이 상처 입은 사람을 알아본다고 한 말이 떠올랐다. 내가 지닌 상처와 트라우마가 다른 이의 상처를 알아보고 공감할 수 있다면, 더 이상 과거의 상처나 트라우

마로만 머무르지 않는다는 걸 알게 되었다. 나의 상처가 다른 사람을 위로할 수 있는 값진 감정 재료로 재탄생할 수 있다는 걸 깨달았다.

사각사각
   연필 소리로 닿는 위로,
스르르 다가오는 잠 ⟶

이웃이
되어줄게요

나는 자취를 해본 적이 없기 때문에, ASMR 영상의 댓글을 통해 자취생의 외로움을 간접적으로 알게 되었다. 주로 20대의 젊은 여성이 많이 구독하는 내 채널의 특성상 그 또래 구독자의 이야기를 자주 대하는 편이다. 그리고 20대 여성 구독자 중 많은 사람이 자취한다는 것도 채널 댓글로 접했는데, 많은 댓글 중 특히 기억에 남는 구독자의 댓글이 있다.

자취생인 그녀는 어느 날 몹시 아팠다. 지난밤부터 아팠지만, 가족과 떨어져 혼자 자취하다 보니 아픈 그를 병원에 데려가줄 이도, 간호해줄 사람도 없었다. 결국 나의 ASMR 영상을 위안 삼아 보면서 겨우 잠들었다고 했다. 안쓰럽고 안타까운 맘이 드는 그 댓글을 대하며, 자취생을 위로해줄 영상을 만들기로 했다. 자취생활의 어려움을 토로하는 구독자의 댓글에서 영상에 대한 소중한 아이디어를 얻게 된 것이다.

ㄴ 몇 년 전 자취를 시작했는데, 아플 때 정말 서럽더라고요. 그럴 때마다 미니유 님의 자취 ASMR 영상을 보면서 잠든답니다.

ㄴ 혼자 오래 살다 보면 누군가 부스럭거리는 소리가 그리워지더라고요. 그런 맘이 들 때마다 미니유 님의 ASMR 영상을 들으면서 자면 괜찮아집니다.

자취에 대해 상상할 때면 막연하게 떠오르는 게 있다. 바로 옆집 사는 사람이랑 나이가 비슷한 상황에 대한 상상이다. 그런 상황이라면 옆집 사람과 친구가 될 수도 있지 않을까? 바로 옆집이니 친해지면 얼마나 재미있을까? 이런 상상과 함께 영상 스토리를 짜기 시작했다. 몸이 너무 아픈 자취생이 옆집 사람에게 도움을 청하는 것이다. 영상은 급히 약과 죽을 사서 옆집에 방문하는 장면으로 시작된다.

자취생을 위한 영상인 만큼 현실감 있게 만들면서도 따스한 판타지를 한 방울 정도 가미한 느낌으로 영상을 제작했다. 옆집 사는 사람이 마침 아주 다정한 성격의 사람일 수도 있지 않을까. 요즘처럼 아파트 주거 형태가 흔하고, 옆집에 누가 사는지도 모르는 사회에서 흔히 일어날 만한 상황은 아니지만, 아예 상상 못 할 일은 아니라고 생각했다.

아픈 자취생에게 죽을 데워 뚝 떠서 먹여주고, 차갑고 빳빳한 물수건으로 열이 나는 이마도 닦아주면서 잔잔한 생활 소음이 영상에 많이 들어가도록 촬영했다. 열이 나고 몸이 아플 때 느껴지는 특유의 몽롱함도 표현하고 싶었다. 세상의 움직임이 느릿느릿해보이고 모든 소리에 울림이 있는 듯한 몽롱함 말이다. 그것을 표현하기 위해 옆집 사람이 주방에서 촤악 물수건을 적시는 소리나 오가며 슥슥 거리는 발소리도 여과 없이 담았다.

누군가 나의 영상을 보며 아픈 시간을 견뎌낼 수도 있을 거라고 생각하니, 1분 1초도 허투루 만들고 싶지 않았다. 큰 도움은 아니더라도 잠시나마 이 영상을 보

126

고 마음의 위안을 얻을 수 있도록 다른 영상보다도 더 정성을 들여 제작했다. 진심을 듬뿍 담은 영상을 보고 어딘가에서 가족과 떨어져 아픔을 이겨내고 있을 누군가가 조금이나마 힘을 낼 수 있다면 좋겠다고 바랐다. 영상이 실제로 아픔을 말끔히 가시게 하지는 못하겠지만, 적어도 몸이 나아질 거라는 믿음과 위로를 제공할 수 있다면 나도 뿌듯하고 행복할 거라고 생각했다.

이 영상을 보면 내 마음도 따스해지곤 하는데, 누군가를 위하는 마음은 결국 나를 향한 마음이기도 하기 때문이다. 다정한 위안을 전하면, 그건 다시 내게 돌아오기 마련이다. 위로하는 마음에는 다정한 전염력이 있으므로.

할머니의 옛날이야기 들어보세요

이름만으로도 강력한 힘을 발휘하는 존재가 있다. 그냥 이유 없이 좋고, 포근하고, 안기고 싶은 사람. 바로 '할머니'다. 할머니와의 추억이 있는 사람은 말할 것도 없고, 할머니와 별다른 추억이 없는 사람조차 할머니라는 말에 정겨움을 느끼기 마련이다. 이런 감정은 '할머니의 옛날이야기 귀 청소' ASMR 영상을 만들어서 채널에 업로드한 후에 나이나 성별과는 관계없이 일반적으로 사람들이 공감하는 부분이라는 걸 알게 되었다.

나는 어려서부터 할머니 손에 자라서 할머니와의 애틋한 추억이 많다. 할머니와의 기분 좋은 시간을 떠올리며 나 말고도 할머니와 추억을 간직한 사람이 많을 거라 생각했다. 그래서 우리 할머니를 ASMR 영상에 출연시키기로 했다. 할머니와 가장 잘 어울리는 상황을 생각했는데, 단번에 떠오른 상황이 바로 귀 청소였다. 어릴 적 할머니가 당신의 다리를 베게 하고 귀를 파주던 경험이 있기 때문이다. 귀 청소는 많은 사람이 공감하는 일반적인 ASMR 힐링 포인트이기도 했다.

다행히도 우리 할머니는 ASMR을 아주 잘 이해하셨다. 손녀딸이 오랫동안 해온 일이었기에 모를 수 없던 것일까. 나직하게 말하는 것을 잘 이해하셨고, 특히 상황극이라는 개념을 놀라울 정도로 이해하고 계셨다. 그러나 이해하는 것과 실행하는 건 다른 문제다.

할머니가 ASMR 상황극을 하는 데 어려움이 아예 없던 건 아니었다. 할머니는 작은 목소리로 이야기해야 한다는 건 알고 계셨지만, 마이크의 좌우에 번갈아 말하는 데는 어려움이 있었다. 마이크 한쪽에만 입을 대고 이야기하기를 몇 번 반복하며 여러 번의 NG 끝에, 나는 ASMR의 기술적인 표현 부분은 포기하기로 했다.

어차피 미니유의 ASMR과 할머니의 ASMR이 같을 수는 없었다. 젊은 유튜버가 만드는 ASMR의 매력과 할머니가 자아내는 그것은 또 다를 수 있으니 그냥 할머니의 투박한 매력을 영상에 담아보기로 했다. 자꾸만 손으로 툭툭 마이크를 건드린다거나, 중간중간 조금 큰 목소리가 튀어나온다거나 하는 날 것의 상황과 소음을 그대로 담기로 했다.

할머니의 귀 청소 ASMR 영상은 내가 만든 다른 영상들에 비하면 분량도 길지 않았고(할머니에게 나와 같은 체력을 기대할 수는 없었다), 완성도와 퀄리티가 떨어지는 편이었다(기술적인 표현 부분을 포기했기 때문이다). 과연 이 영상을 누가 보기는 할까 걱정하기도 했다.

그러나 구독자 반응을 보며 나의 기우였음을 확인할 수 있었다. 많은 사람이 할머니의 귀 청소 영상에 기뻐했고, 그야말로 초인기 영상이 되어서 댓글 창에 인기를 실감할 수 있는 댓글이 연이어 달렸다.

ㄴ 와, 할머니께는 ASMR이 생소한 분야일 텐데, 이렇게 이해하고 잘 소화해주시는 데 놀랐어요. 대단하세요!

ㄴ 할머님만의 투박한 손길이 더 따듯하게 느껴져서 좋아요.

ㄴ 할머니께서 구독자들의 영상에 대한 반응이 이렇게 폭발적인 걸
  아셨으면 좋겠어요.

ㄴ 이렇게 가슴 찡한 ASMR은 처음이에요.

ㄴ 진짜 손녀 손자를 대하는 느낌이 들어요.

ㄴ 다른 ASMR 유튜버들은 마이크를 살살 조심히 긁는데, 할머니
  께서는 박력 있게 박박 긁으시는 게 정말 좋아요.

ㄴ 가족 대대로 내려오는 ASMR 유전자가 있는 것 같아요.

ㄴ 사람이 아닌 마이크에 대화하는 것처럼 말하는 게 쉽지 않으셨
  을 텐데, ASMR에 대한 이해도도 높으시고. 영상 찍어주셔서 정
  말 감사해요.

ㄴ 할머니, 대본 있는 거 아니죠? 이야기가 끊임없이 나오네요.

  할머니의 ASMR 영상에서 퀄리티는 그다지 중요하
지 않았다. 할머니는 퀄리티 따위는 가뿐히 뛰어넘는
사랑스럽고 정겨운 존재였기 때문이다. '아, 역시 할머
니와의 추억이 있는 사람이 많구나.'라고 생각하던 차

에 의외의 댓글을 보게 되었다.

ㄴ, 양가 할머니 두 분 모두 제가 갓난아기일 때 돌아가셨대요. 그래서 할머니에 대한 기억이 없답니다. 그런데도 지금 이불 속에서 들으면서 포근함을 느껴요.

ㄴ, 저도 할머니가 계셨다면 이런 기분이었을까 생각해보게 되네요. 대리 추억이 생기는 기분이에요.

할머니와의 추억은커녕 기억도 없는 사람도 할머니의 ASMR 영상을 좋아한다는 것을 알게 된 것이다. 태어났을 때부터 할머니가 안 계셔서 그 존재를 직접적으로 느끼고 대할 기회가 없었는데, 이 영상을 통해 할머니가 계신다면 어떤 추억과 감정을 주셨을지 가늠하게 되어 마치 새로운 감정을 알아가는 것 같다는 반응이었다.

할머니에 대한 다양한 댓글을 대하며, 할머니라는 존재에는 강력한 힘이 있는 걸 다시 한번 느꼈다. 그리고 나 역시 '미니유'라는 이름만으로도, 따스한 힘을 지닌 그런 존재가 되고 싶다고 다짐하게 되었다.

사각사각
 연필 소리로 닿는 위로,
스르르 다가오는 잠 ─────────────────────⟩ ○

상처받은 마음은
두고 가세요

상처가 한 뼘 모자란 덕분에 살 수 있기도 하다. 마음이 완전히 망가지기에는 부족한 한 뼘 덕분에 간신히 살아갈 수도 있다. 그런데 우연한 이유로 그 한 뼘이 채워지는 순간, 마음이 내려앉아버리는 거다. 남들은 쉽게 이해할 수 없어도 누군가에게는 견뎌내기 힘든 이유로 한 뼘이 채워진 상처는 오랜 시간이 지난 후에도 어제 일처럼 생생히 피어올라 온 마음을 잠식해버릴 수 있다.

억울한 건 상처 받은 감정은 줄지 않았는데, 그 감정

의 세세한 기억은 잊어버렸다는 거다. 그래서 나의 마음 어느 부분이 다친 건지, 어떤 게 칼이 되어 한 뼘 모자라던 마음의 상처를 채워버린 것인지, 내 마음을 어디서부터 어떻게 설명할 수 있는지, 이 감정을 어떻게 스스로 이해할 수 있을지도 알 수 없다. 그렇게 다시 제자리로 돌아갈 길을 잃어버린다.

나 역시 마지막 '한 뼘'으로 수없이 길을 잃었고, 방황했다. 고장 나버린 마음을 둘 곳이 필요해서 ASMR 영상을 만드는 데 더욱 집중했다. 영상을 만들며 스스로 기댈 만한 곳을 찾았는데, ASMR 영상 자체가 나의 기댈 곳이었다. 다행스럽게도 나의 상처에서 영감이 되어 영상이 만들어진 것이다. 상처가 재료가 되어 상처를 덜어줄 마음의 안식처가 된 거다.

내가 스스로 찾은 기댈 곳으로 상처를 견디고 이겨냈듯, 상처받은 사람들이 마음을 두고 갈 곳이 되어줄 영상을 만들고 싶어서 '한여름 밤의 귀 청소' ASMR 영상을 제작했다. 영상은 더운 여름날 밤, 깜깜한 시골길에서 길을 잃은 여행자가 가게를 찾는 것으로 시작된다. 상처는 여행이라는 의미로 두고 싶었다. 영원히 길을 헤매는 게 아닌 언제든 돌아갈 곳이 있는 여행 중일 뿐이라고 전하고 싶었다.

이 영상에는 "너무 깜깜해서 제가 길을 알려드려도 찾기 힘드실 텐데"라며 귀 청소를 받고, 수면실에서 잠자고 가라는 대사가 나온다. 그리고 부드러운 크림을 손에 듬뿍 묻혀 귀를 꾹꾹 누르며 마사지로 귀 청소를 시작한다. 크림이 귀에 닿으며 찌걱거리는 마찰음이 은근히 편안하게 들린다. 한참 마사지해준 후에는 민들레 씨 같은 폭신폭신한 솜뭉치가 달린 귀이개로 귀 바깥쪽을 삭삭 털어낸다. "또 여기로 여행오실 일이 있으면 꼭 한번 다시 들려주세요."라는 말과 함께 귀 청소는 마무리된다.

마음의 길을 잃은 사람은 누군가 그를 돕기 위해 길을 알려주려고 해도 쉽게 길을 찾기는 어렵다. 길 잃은 마음은 잠시 버려두고 시골길 어느 가게에 누워서 쉬어가길 바라는 마음으로 영상 마지막에 귀이개를 선물로 주면서 끝난다. 언젠가 다시 길을 잃어도 그 귀이개가 다시 길을 찾을 수 있는 지도가 되어주길 바라는 의미였다.

그렇게 만들어진 영상은 하나의 댓글로 인해 완벽한 서사를 마무리한다.

ㄴ 나중에 여길 다시 한번 왔는데 그 가게가 없더라고, 마을 사람들
한테 물어봐도 그런 가게는 없다고, 그때 받은 귀이개만 남았지.

당신의 방황이 지도가 되어 남았으니 언제든 다시
길을 찾아갈 수 있을 거다.

퇴근길, 심야이발소에서
한숨 자고 가세요

　이 영상은 구독자와의 특별한 기억이 있는 영상이다. ASMR 영상을 찍을 때 늘 실제와 흡사한 세트장에 대한 욕망이 강한 나는 실제 장소를 섭외하기로 했다. 일반적으로는 직접 방음부스 안에 배경을 꾸며서 촬영했지만, 더 리얼한 느낌을 주는 장소에서 찍어보고 싶은 영상 콘셉트가 떠올랐기 때문이다.

　이발소에서 면도해주는 영상을 찍고 싶었다. 요즘 흔한 세련된 바버숍(Barber Shop)이 아니라, 어릴 적 자주 보던 옛날 감성의 이발소가 필요했다. 뜨거운 여름

날 대낮의 시골 이발소라는 콘셉트를 생각하고 친구나 지인을 통해 도움을 줄 수 있는 사람을 찾아봤지만, 이발소를 하거나 친한 이발소를 아는 사람을 찾기란 쉽지 않았다.

그러나 나를 도와줄 수호천사는 가까운 곳에 있었다. 내가 원하는 걸 가장 잘 이해하는 구독자에게 도움을 청해보자고 생각했다. 인스타그램을 통해 이발소를 대여해줄 수 있는지 물어보는 게시글을 올렸고, 이를 본 한 구독자가 아버지의 이발소를 흔쾌히 대관해주기로 했다.

다만, 구독자는 이발소 주변이 공사 중이라 너무 시끄럽지 않을지를 걱정했다. 나는 사전 답사를 위해 낮에 혼자 그 이발소를 둘러보기로 했다. 정확히 기억나지는 않지만, 작은 골목을 따라 들어가면 꽤 넓은 도로가 나왔고, 여러 건물 사이에 작은 이발소가 있었다. 딱 내가 머릿속에 상상하던 그런 빈티지한 옛날 감성의 이발소가 마음에 무척 들었다.

그런데 우려하던 대로 주변이 공사 중이라 꽤 시끄러웠다. 영상만 찍고 소리는 다 후시녹음으로 딸지, 아니면 시끄러운 소리를 감수하고 찍을지, 그것도 아니면 아예 이번 촬영을 접어야 할지 많이 고민했다. 하지만 이발소를 보면 볼수록 빈티지한 느낌과 그 안에서 들리는 현장감 둘 다 포기하고 싶지 않았다.

순간, 공사를 24시간 하는 것은 아닐 거라는 생각이 들었다. 분명 공사장도 퇴근 시간이 있을 것이라는 생각에 확인해보니, 밤에는 공사를 하지 않는다고 했다. 발상의 전환이 필요했다. 왜 꼭 낮이어야 하는가. 식당도 심야식당이 있듯이 심야 이발소로 콘셉트를 바꾸면 어떨까 생각했다.

주제를 심야로 바꾸고 나니 모든 일이 척척 돌아갔다. 새벽 1시로 촬영 약속을 잡고, 장비를 실어 이발소로 향했다(여담이지만, 나는 타고난 아침형 인간인지라 밤 10시면 이미 취침 시간이 된다. 그래서 새벽 1시까지 대기하느라 공복에 커피를 계속 마셨다. 그것이 이 촬영의 최대 걸림돌이 될 줄이야!).

이발소에 도착해 구독자를 만났는데, 예상외로 굉장히 건장한 남성분이셨다. ASMR은 워낙 감성적인 콘텐츠라 여성이 많이 듣기 때문에 막연하게 여성분일 거라 생각한 것이다. 평소 내 ASMR을 즐겨 듣는 팬이라며, 인스타그램에 이발소 대여 글을 보고 바로 부모님에게 허락을 구해, 메시지를 보냈다고 했다. 부모님에게 허락을 구해가며 장소를 빌려주었다는 데 너무 감사하고 감동적이라 정말 최선을 다해 찍어야겠다는 생각이 들었다.

이발소 안에 있는 장비들도 소품으로 사용할 수 있게 해주고, 사용법도 친절히 알려주셔서 너무 편하게 촬영할 수 있었다.

그러나 공복에 마신 커피가 문제였다. 갑자기 속이 울렁거리고 식은땀이 나기 시작하는 것이었다. 당장이라도 바닥에 누워버릴 것 같아서 10분 촬영하고 10분 차에 누워있다 오기를 반복했다. 구독자에게 장소까지 대여받았는데, 민폐를 끼치면 안 된다는 생각에 초인적인 힘으로 촬영을 마친 것 같다.

'퇴근길 심야이발소' ASMR 영상은 냉동실에서 꺼낸 시원한 맥주와 약간의 땅콩을 건네주는 장면으로 시작된다. 빳빳한 가운을 목에 둘러주며 "피곤하면 눈 감고 한숨 자고 있어요. 내가 다 해놓을 테니까"라는 대사로 퇴근하고 지친 몸으로 영상을 보는 이를 위로한다. 삐걱거리는 가위로 머리를 자르는 소리를 내고, 이발소 세면대에서 시원한 거품 소리를 내며 머리를 감겨준다. 탁탁 수건으로 머리의 물기를 닦아내고, 면도크림을 발라 서걱서걱 면도해준다.

좋지 않던 컨디션 때문에 마음에 쏙 드는 영상은 아니었지만, 나름 괜찮게 촬영한 듯했다. 장비를 정리하고 구독자에게 인사하는데, 검은 봉지에 담긴 무언가를 건네주셨다. 사탕이나 캐러멜 같은 간식이었다. 감사히 받아들고 집에 와서 아침 6시까지 달콤한 캐러멜에 의지해 편집하던 기억이 새록새록 떠오른다.

대낮에서 심야로 시간대를 바꿔 촬영한 데 느끼던 아쉬움이 무색할 정도로 영상은 큰 사랑을 받았다. 아니 오히려 심야로 바꾼 게 신의 한 수가 아니었나 싶은 정도였다. '퇴근길 심야이발소' 영상은 여름밤의 습한 공기와, 불 꺼진 가게 간판들 사이로 환하게 불이 밝혀진 이발소의 생경한 풍경, 구독자에게 받은 캐러멜을 먹으며 아침까지 편집하던 나의 열정, 구독자의 배려에 느낀 고마움 등 모두 추억으로 마음속 깊이 남았다.

그 뒤로 1년 정도 시간이 흐른 역시나 무더운 여름날, 나는 땀을 뻘뻘 흘리며 지하철을 기다리고 있었다. 그때 어디선가 "미니유 님?" 하는 목소리가 들렸다. 잠시 기억을 더듬는데, "저, 그때 그 이발소." 라는 말에 지난여름이 바로 떠올랐다. 고마운 인연과 어렵고도 즐겁던 촬영의 밤까지. 구독자와 우연히 지하철에서 만났다는 데 서로 신기해하며 같이 지하철을 기다리고, 지하철 안에서도 대화를 이어간 기억이 있다. 알고 보니 구독자는 내가 졸업한 중학교에 체육 교사로 재직 중이었다. 그날의 만남이 더욱 기억에 남는 건 _그_가 남긴 다음 말 때문이다.

"학생들에게 말해주고 싶네요. 너희 선배 중에 얼마나 멋진 사람이 있는 줄 아니?"

여름밤의 이발소만큼이나 인상 깊은 이야기였다. 덕분에 힘을 받아, 나의 ASMR 세계를 더 확장하고 이어갈 수 있게 해주는 고마운 이야기.

젤리 하나
사실래요?

    서비스업 상황극 영상을 많이 찍다 보니 영상에 비슷비슷한 대사가 많이 등장했다. 때때로 영상을 찍는 나마저 지루하기도 했다. 그래서 비슷하게 진행되는 영상이라도 뭔가 더 재미를 줄 수 있는 방법이 없을까 고민했다. 그때 생각난 게 무언가를 파는 가게였다. 먹는 걸 파는 가게라면 더욱 재미있는 설정이겠다는 생각이 들었다. 먹는 소리와 롤 플레이가 조합된 ASMR 영상이기 때문이다.

    이 영상은 예전에 백화점 푸드 코트에서 경험한 것

을 아이디어로 활용했다. 언젠가 점심으로 뭘 사갈지 푸드 코트를 돌아다니고 있는데, 돈가스를 판매하는 직원이 영업하는 모습이 생각난 것이다. 그는 어떤 부위의 돼지고기를 사용했고, 어떠한 방식으로 튀겨내었는지를 적극적으로 설명했다.

돈가스를 영업하던 푸드 코트 직원처럼 젤리를 마치 뷰티 제품을 판매하듯 소개하고 파는 영상을 만들면 좋겠다고 생각했다. 젤리는 ASMR 영상에서도 인기 있는 콘텐츠였으니 방식만 다르게 촬영하면 신선함이 더해져서 더욱 반응이 좋을 것 같았다. 쭉 진열된 젤리를 판매하기만 하는 게 아니라, 설문조사를 하며 영상을 촬영했다.

화장품 가게에서 피부 타입을 묻거나 선호하는 색상을 묻듯이 입맛을 설문조사했다. 평소 단맛을 즐겨 먹는지, 그렇다면 단맛 단계를 1부터 10까지 숫자 중 어느 정도로 즐기는지를 물었다. 보들보들한 걸 좋아하는지 아니면 단단한 걸 좋아하는지 식감에 대해서도 물었다. 설문지를 토대로 취향에 따라 젤리를 추천해 주기 위해서다.

덤으로 설문조사 시 연필로 적으며 들리는 소리까지

만들어냈다. 사각사각 연필 소리가 영상 분위기에 잘 어울렸고, 종류별 젤리를 먹는 소리도 영상의 재미 요소 중 하나였다. 그냥 내가 직접 먹는 소리가 아닌 시식하듯 연기하여 구독자가 소리로 젤리를 맛보게끔 하는 아이디어를 구현했다.

먼저 오렌지 젤리를 보여줬다. 아주 선명한 오렌지 색상에, 한입 깨물었을 때 이가 다 들어가지도 않을 만큼 꽤 단단한 식감이었다. 오렌지와는 어울리지 않게 신맛이 거의 없는 설탕이 코팅되어있어서 아주 달달한 맛을 냈다. 두 번째로 바나나 젤리를 권했다. 역시나 설탕이 묻어있었고, 진한 노란색에 기다란 바나나를 닮은 모양의 젤리였다. 꽤나 질긴 식감이라 잘 씹히지 않아 사탕처럼 오랫동안 입안에 물고있기에 좋았다.

이어서 매끈한 달걀프라이 모양 젤리를 보여줬다. 과일 향이 첨가되지 않은 별사탕과 같은 단맛이 나는 젤리였다. 스파게티 젤리도 보여줬다. 마치 국수처럼 얇고 긴 모양이었고, 붉은색과 노란색 그리고 파란색의 알록달록한 색상의 젤리였다. 동그란 모양에 가운데 구멍이 뚫린 도넛 모양의 젤리도 보여줬다. 겉에는 자글자글하게 설탕이 묻혀있어서 씹을 때 거칠거칠한 식감이 아주 잘 느껴지는 젤리였다.

이런 식으로 젤리를 하나하나 보여주며 맛과 식감을 설명하고, 시식하는 장면도 넣었다. 구독자가 소리를 통해 시식하는 듯한 느낌을 받을 수 있도록 젤리마다 먹는 소리를 녹음해서 입혔다. 설탕이 붙고 질긴 젤리는 씹을 때는 이에 쩍 하고 끈끈하게 달라붙는 소리가 났다. 아무것도 묻어있지 않은 젤리는 마시멜로처럼 씹는 순간 찐득하게 입안에서 녹아내리는 소리가 났다. 국수 모양의 젤리는 뚝뚝 끊어질 때 서걱서걱한 소리가 났다.

댓글에는 젤리를 소개하고 권하며 파는 게 고급스러운 디저트를 판매하는 것처럼 느껴져서 좋았다거나, 흔한 롤 플레이가 아니라서 좋았다는 내용 등 긍정적인 반응이 많았다. 그래서 이 영상 이후에도 여러 가지음식을 파는 가게 영상을 많이 찍었다.

ㄴ 진짜 ASMR을 제대로 이해하고 찍은 이팅 사운드 영상!

ㄴ 자글자글, 촉촉, 폭신폭신 등의 설명이 나올 때마다 팅글이 엄청 나요!

ㄴ 젤리를 고급 디저트처럼 정성스럽게 설명하는 게 참신하고, 인상적이에요.

ㄴ 롤 플레이와 이팅 사운드의 완벽한 조화!

가끔 아이디어가 고갈될 때면 젤리 파는 가게 영상을 떠올린다. 조금만 생각을 바꾸면 정말 좋은 아이디어가 나오고, 그 아이디어를 영상으로 구현할 수 있다.

그 조금의 생각을 바꾸는 게 쉽지는 않지만, 백화점 푸드 코트에서도 아이디어를 얻을 수 있듯 일상의 어느 순간에서도 영상에 대한 아이디어를 얻을 수 있다. 그렇기 때문에 어디든 많이 다니고, 무엇이든 많이 경험하고 배우는 게 ASMR 영상 크리에이터로서 중요하다고 생각한다. 언제 어디서 창작의 호수에 첨벙 빠지게 될지 모르기 때문에.

사각사각
　　연필 소리로 닿는 위로,
스르르 다가오는 잠 ————————————————➤

선물상자에 달달함이
가득 담겼어요

└, 미니유 님, 간식 좀 보내드릴까요?

일본에 거주 중인 구독자가 일본 간식을 보내주고 싶어 했다. 그는 내가 라이브 방송 플랫폼에서 간간히 방송할 때 자주 들어오던 구독자였다. 그는 내가 다른 구독자들과 통화할 때 노래도 불러주고 특유의 말투로 방송을 재밌게 만들어주었다.

간식뿐 아니라 이것저것 참 알차게도 챙겨서 보내준 기억이 난다. 화석을 발굴하는 일본 장난감도 소리가 참 좋을 것 같다며 보내주었는데, ASMR 구독자다운 선물이라고 생각했다. 그에게 받은 것 중 예쁘게 생긴 젤리와 곤약 젤리는 포장지를 뜯고, 먹는 영상을 찍기도 했다.

젤리가 워낙 예쁘기도 했고, 처음 먹어보는 간식이라서 설레며 영상을 찍은 기억이 선명하다. 분홍색과 초록색으로 된 예쁜 젤리는 씹을 때 소리도 자극적이지 않고 약간 설컹설컹한 느낌이라서, 양갱과 젤리의 중간 식감을 주었던 게 기억난다. 씹을 때 뚝뚝 끊어지는 게 젤리보다는 단단한 묵을 먹을 때와 같은 식감을 느꼈다. 확실히 쫀득한 젤리와는 거리가 먼 젤리였다. 반면에 곤약 젤리는 아주 쫄깃쫄깃한 식감이었는데, 과일 향이 강하게 나고 상큼한 맛이 많이 났다. 두 가지 젤리에 확연히 다른 매력이 있어서 영상을 촬영하는 내내 아주 재미있었다.

젤리를 감싸고 있던 두꺼운 투명 포장지는 그 자체로도 좋은 소리를 냈다. 비닐로된 포장지를 마이크에 가까이 대고 톡톡 두드리면 날카롭지 않게 와작와작한 소리가 났다. 이처럼 구독자가 보내준 것은 젤리뿐 아니라 포장지까지 모두 버릴 것 없는 좋은 ASMR 재료였다.

'어쩜 이렇게 ASMR 영상을 찍기에 좋은 것으로만 보내주셨을까!' 감탄이 나올 정도로 소리도 좋고 생김 새도 예쁜 것들이었다. 그가 어떤 게 ASMR과 잘 어울 릴지를 고민하면서 물건을 골랐을 생각을 하니 너무 고맙고, 상상되는 그의 모습이 귀여웠다.

훗날 가족과 후쿠오카를 여행하게 되었는데, 그가 자신이 후쿠오카에 거주 중이니 꼭 가이드를 해주고 싶다고 했다. 일정상 만나지는 못했지만, 혹시 여행 중 무슨 일이 생기면 자기에게 꼭 연락해달라던 고마운 말이 아직도 잊히지 않는다.

지금은 완전히 연락이 끊겨 근황도 알 수 없지만, 가 끔 머릿속에 고마운 구독자와의 추억이 떠오를 때가 있다. 라이브 방송에서 바닷소리를 녹음해왔다며 들려 주고, 유창한 일본어 실력으로 일본어 댓글도 해석해 주던 그 선한 모습이 마치 오래전 친구처럼 기억에 남 아있다.

사각사각
    연필 소리로 닿는 위로,
스르르 다가오는 잠 ───────────────────

장난감 수리하며
동심을 찾아요

어려서 보던 만화영화는 향수를 자극한다. 유치원에 가기 전 방송되던 어린이 프로그램이라든지, EBS에서 볼 수 있던 외국 만화 프로그램 등이 그렇다. 그런 추억을 곱씹는 일은 힐링이 된다. 이와 같은 힐링을 만들기 위해 ASMR 영상에서 만화영화를 패러디하면 어떨까 하고 생각했고, 어떤 만화를 패러디하면 좋을지 한참을 찾아봤다. 아무 만화나 패러디할 수는 없는 노릇이었다. ASMR과 어울리려면 잔잔하면서 사부작사부작하는 느낌이 있는 만화영화여야 했다.

만화영화 레퍼런스를 찾기 위해서 유튜브를 한참 보던 중 디즈니의 우디 고치기 영상을 보았다. 망가진 우디 인형을 수리사가 커다란 수리용 도구 상자를 가지고 와서 수리해주는 장면이었다. 박스를 착착 여는 장면부터 ASMR과 딱 들어맞았다. 고장이 난 우디를 눕히고, 그의 눈알을 깨끗이 닦아주는가 하면, 색이 벗겨진 곳에 덧칠해주었다. 찢어진 옷에 바느질까지 해주니, 이보다 ASMR로 구현하기 좋은 소재가 있을까 싶었다.

　'바로 이거다!'라는 생각이 든 순간 온갖 소품을 찾아다녔다. 집에 있던 나무 서랍에 색칠해서 수리도구를 담는 가방을 만들어서 여러 도구도 담았다. 수리사처럼 돋보기 같은 안경도 쓰고 영상을 촬영했다. 새 눈알을 꺼내 달칵달칵 우디의 탁해진 눈알을 바꿔 끼웠다. 그러고는 더욱 반짝반짝 빛나게 하기 위해 약을 발라 큰 면봉으로 새 눈알을 뽀득뽀득 닦아냈다. 마른 천으로 얼굴을 닦기도 하고, 바람이 나오는 기구로 우디의 몸 곳곳을 후후 불어서 털어냈다. 느슨해진 나사는 꽉꽉 조여서 우디의 온몸에 힘이 들어가게 해주었다. 색이 바랜 머리에 물감을 발라 윤기 있는 색으로 되돌려주었고, 찢긴 팔에 짱짱하게 바느질해서 새것처럼 완성했다.

단지 우디라는 인형을 고치는 게 아닌 영상을 보는 사람이 깨끗하게 수리되는 느낌을 전하고자 각박한 세상에 흐려진 눈알도 깨끗이 닦아주고, 헤진 마음과 같은 옷도 꿰매어주었다. 어릴 적 본 만화영화에 향수를 느끼게 하고 정겨운 편안함까지 줄 수 있다면 그야말로 금상첨화라고 생각했다. ASMR 영상은 좋은 소리와 예쁜 영상미를 떠나서 사람들에게 편안한 감정을 주는 콘텐츠이기 때문에, 난 ASMR 영상마다 '괜찮아요.'라는 메시지를 담으려고 노력한다.

한 구독자는 공황 장애 증상으로 숨이 가빠지고 눈물이 나며 답답해서 미칠 것 같을 때면 이 영상을 찾는다고 댓글을 달았다. 언제나 돌봄 받는 느낌, 내가 함께 있으니 '괜찮아요.'라는 느낌 덕분에 치유가 필요할 때면 이 영상에 절로 손이 간다고 했다. 그의 댓글을 대하며 ASMR 영상을 만드는 게 얼마나 값진 일인지 느꼈다. 간혹 영상 만드는 게 힘들어도, 나의 ASMR 영상 콘텐츠를 쉼터로 여기며 찾는 사람이 있는 한 이 일을 멈출 수 없을 것이다.

사각사각
　　연필 소리로 닿는 위로,
스르르 다가오는 잠 ──────────────────➤

....

....

....

....

....

....

....

....

....

....

....

PART

4

숨을 곳이
필요한 날

최고의 위로는 공감이다. 누군가 도망간다고 해서 비겁하다고 손가락질하지 않고, 오히려 도망가고 싶은 마음이 당연하다고 이야기해주는 게 위로이며 공감이다. 타인이 보기엔 별것 아닌 일이라도, 막상 나의 일이 되면 무척 고민스러울 수 있다. 정말 다 내버려두고, 숨고만 싶을 수도 있다. 나에게도 도피에 대한 욕구가 간절하던 날이 있었다. 그럴 때 상상하던 것들을 ASMR 영상으로 풀어냈다. 영상으로 도피의 욕망을 채우고 스스로 위로했다. 어쩌면 도망가는 것은 잠시 숨을 고르고, 시간을 두고, 어떻게 해결하고 대처할지 생각하는 것일 수 있다. 그러니 도망갈 수도, 도망가는 데 공감할 수도 있는 것이다.

한숨 자고 일어나면
괜찮아질 거예요

ㄴ 미니유 님의 영상을 볼 수 없어서 엉엉 울었어요.

한 구독자가 미니유 ASMR 6주년 팬 미팅에서 나에게 고맙다며 말을 걸었다. 그녀는 승무원으로 평소 심한 불면증을 겪는다고 했다. 약도 먹고 치료도 받아봤지만, 별 효과가 없었다고 했다. 그러다 내 영상을 접하고, 영상을 보고 들을 때면 조금이라도 잠들 수 있었다고 한다. 그렇게 잠에 들게 해준 영상 덕분에 내게 얼마나 고마웠는지 모른다고 했다. 그는 자기가 하도 내 이야기를 주변에 하고 다녀서 어머니까지도 나를 알 정도라고 했다. 그렇게 내 영상을 좋아하던 어느 날, 유튜브를 볼 수 없는 나라로 비행했고, 그날 밤에 전처럼 다시 잠을 이룰 수 없어 호텔에서 목 놓아 펑펑 울었다고 했다.

내가 만든 ASMR 영상 댓글 창에는 많은 사람이 자기 이야기를 남긴다. 고민을 털어놓기도 하고, 영상에 대해 이야기하기도 하고, 영상 덕분에 기분이 좋아진 경험을 이야기하기도 한다. 다양한 사연 중 가장 많은 이야기는 덕분에 잠을 잘 잤다는 것이다. ASMR 영상을 제작하며, 잠을 잘 자지 못하는 사람이 많다는 걸 알게 되었다.

남모를 걱정과 고민 탓에 잠을 못 잘 수도, 어떤 생각에 사로잡혀서 번민하는 가운데 잠들지 못할 수도, 아니면 아무 이유 없이 잠에 들지 못할 수도 있다. 이유가 무엇이든 잠을 못 자는 고통은 엄청나다. 당장 밤을 뜬눈으로 보내는 것도 고통스럽고, 다음 날을 안 좋은 컨디션으로 보내게 되는 것도 힘들다. 어떻게든 잠을 자고자 잠자리에 들기 전에 수면 미스트를 침실에 뿌려보고, 베개를 고쳐 베고, 암막 커튼으로 아주 조금 새어 나오는 빛마저 차단해도 이불과 씨름하는 고단한 밤을 보내게 될 수 있다.

나 역시 불면증을 겪어본지라 뜬눈으로 지새우는 밤이 얼마나 괴로운지 잘 알고 있다. 여행 중이던 어느 날 밤의 나도 잠이 오지 않는 시간을 견뎌내야만 했다. 마음에 걸리는 일에 사로잡혀 꼬박 밤을 새우며 생각했다. 호텔은 잠을 자기 위해 만들어진 곳인데, 나는 잘 수 없다니, 무조건 잠잘 수 있게 해주는 수면제 같은 기능의 호텔이 있다면 얼마나 좋을까? 이런 생각은 영상 아이디어로 이어졌다. 잠을 자는 것 자체를 위한 호텔이라는 설정에 판타지 요소를 섞어낸 호텔 상황극 ASMR 영상을 만들어보기로 했다.

여느 호텔과 다를 바 없는 아늑한 방에는 사람이 일정 기간 깨어나지 않고 쭉 잠만 잘 수 있도록 생명 유지 장치가 설치되어있다. 고객은 스르륵 잠에 들면 그만이다. 어떤 이유에서든 한동안 깨어나지 않고 잠을 자기를 원하는 고객을 위한 일명 '수면호텔'이다. 고객은 잠을 잘 수 있는 기간으로 3일, 7일, 한 달, 가장 길게는 1년까지 선택할 수 있다. 동면하는 곰처럼 가끔 겨울잠을 자기 위해 정기적으로 찾는 고객도 있다는 설정이었다.

고객은 잠들기 전 호텔에서 제공해주는 달콤한 향이 솔솔 나는 차를 1잔 마시면, 느긋한 기분을 느끼며, 선택한 기간에 음식물을 섭취하지 않아도 건강을 유지할 수 있다. 객실에 비치된 세안용품을 사용해 폭닥폭닥 따뜻한 물로 샤워하면 깨어날 때까지 뽀송함을 유지할 수도 있다. 뿐만 아니라 호텔 룸의 포근한 침대에는 고객의 건강 상태가 실시간으로 체크되는 기능이 있어서 만에 하나 발생할 수 있는 응급 상황에도 안심하고 잠에 들 수 있다.

꽤나 구체적인 상황극 설정은 상상의 결과물이었다. 힘든 상황을 맞닥뜨리면 회피하거나 도피하기를 꿈꾸던 나에게는 시간을 멈추고 잠을 자기 위한 호텔이 있다는 걸 상상하는 것만으로도 만족감을 주었다.

힘든 상황에 맞서는 것도 훌륭한 일이지만, 힘들 때마다 그러기도 쉽지 않다. 사람이라면 도망치고 싶을 때도 있는 것이다. 그런 마음이 드는 걸 부끄럽다고 느끼거나 숨길 것은 아니라고 생각했다.

나의 구독자들은 나의 감성을 닮아있는지, 나와 같이 생각하거나 상상해온 구독자가 많던 것인지, '수면 호텔 상황극' ASMR 영상은 많은 이에게 공감을 자아냈다. 영상에 다음과 같은 댓글이 달리기도 했다.

└ 실제로 이런 방이 있으면 좋겠다고 늘 생각했는데, 원하는 바를
  잘 캐치해내는 크리에이터!

└ 포근한 낮으로 제게 와줘서 늘 감사합니다.

└ 너무 힘든 하루를 보내고 와서 휴식이 너무 필요했는데 저에게
  딱 맞는 영상이네요.

└ 별다른 말이 첨가되지 않은 담담한 위로가 필요한 날이었는데
  고마워요.

작은 상상의 시작이 누군가에게는 편안한 위로가 될
수 있었던 것이다. 부디 모든 걱정은 수면호텔에 버려
두고 가벼운 걸음으로 호텔 문을 나서기를.

사각사각
   연필 소리로 닿는 위로,
스르르 다가오는 잠 ──────────────────➤ ◯ ◗

인생 대신
살아드립니다

　나의 ASMR 영상에는 도피에 대한 욕망이 많이 담겨있다. 괴로운 시간을 멈춘다거나, 힘든 상황을 누군가에게 합법적으로 맡겨버린다거나 하는 것처럼 말이다. '대리인생'은 간절한 도피처를 구하는 이의 인생을 대리해서 살아주는 가게라는 설정으로, 많은 사랑을 받은 영상이다. 나의 영상 중 판타지 스토리를 제대로 가미한 첫 영상이기도 했다. 나는 간혹 판타지다운 설정이 들어간 영상을 만들곤 한다. 영상 스토리에 독특한 요소를 넣어 나만의 ASMR 세계관을 만드는 것이다. 이 영상도 인생을 대신 살아주는 가게가 있다는 판타지가 가미된 영상이다.

삶의 끝자락에서 실낱같은 희망만을 겨우 지닌 사람들이 미스터리한 대리인생 가게를 찾는다. 사람들이 대리인생 가게에 수명을 주면 계약이 진행되는데, 계약기간 동안 대리인생 가게의 직원이 그 사람의 몸에 들어가 그의 인생을 대신 살아주는 것이다. 대부분 감옥에 가야 한다거나, 좋은 대학에 가기 위해 힘든 시간을 보내야 하는 것처럼 혼자 힘으로 버티기 힘든 인생을 다른 사람(대리인생 가게 직원)에게 대신 맡기는 것이다.

영상에 달린 구독자의 댓글에는 많은 사연이 담겨있었다. 입사 시험이나 공무원 시험을 앞두고 정신적으로 힘든 시간을 보내고 있거나, 경제적으로 힘든 생활을 하고 있거나 혹은 인간관계로 고단한 일상을 이어가는 등 다양한 인생의 힘든 시기를 보내는 사연이었다. 나 또한 입시에 실패해 정신적으로 어려운 시간을 보내기도 했고, 친구를 사귀는 데 애를 먹어 외로운 학교생활을 하며 힘들기도 했다. 그리고 그런 시간은 늘 간절하게 '도피'를 상상하게 했다.

몇 년 전에도 도피가 간절한 시기가 있었다. 당시 외모에 관한 악플로 심한 스트레스를 받던 나는 일단 살을 빼야겠다는 생각에 매일매일 집에서 멀리 떨어진 공원에서 1시간씩 걷는 운동을 했다. 운동을 끝내고 버스를 타고 돌아가는 길에 대리운전에 대한 라디오 광고 방송이 들려왔다. 그런데 어쩐 일인지 나는 '대리운전'을 '대리인생'으로 잘못 들었다. 악플로 인한 스트레스로 도피에 대한 마음이 간절했고, 이런 마음이 대리운전을 대리인생으로 잘못 듣게 했을지 모를 일이다. 어쨌든 잘못 들은 네 글자에 영상 스토리가 줄줄 나오기 시작했다.

'대리인생' ASMR 영상은 구독자의 흥미를 끌기에 적합했다. 누구나 도피하고 싶은 시간이 있을 것이기 때문이다. 좋은 소리를 들으며 스토리에 몰입해서 잠드는 것은 정말 기분 좋은 일이다. 마치 어렸을 적 나를 토닥여주던 할머니의 손길과 그 손길이 만들어내는 소리 그리고 할머니가 들려주는 옛날이야기에 스르륵, 언제 잠들었는지도 모르게 잠에 빠져들던 것처럼 말이다. 그래서 나는 나만의 독특한 소재로 만든 ASMR 영상을 '드라마 자장가'라고 생각한다. 내가 만든 독특한 스토리에는 듣다 보면 뒷이야기가 궁금해지는 분명한 기승전결이 존재한다. 그런데 더 듣고 싶어서 귀를 쫑긋 세워도, 다양한 ASMR 요소 때문에 이내 눈꺼풀이 무거워져 잠들고 마는 것이다.

대리인생 영상 1탄에서는 3년간 계약하는 설정이다. 그리고 영상 설정처럼, 실제로 3년이 지난 후에 나는 계약기간 종료일이라는 주제로 대리인생 영상 2탄을 만들어서 업로드했다. 이렇게 영상이 유연하고 현실감 있게 이어지면 구독자에게 또 다른 독특한 재미를 줄 수 있기 때문에 일부러 그렇게 영상을 기획한 것이다.

ㄴ 아니! 가장 놀라운 건 대리인생 영상이 3년 전에 올라왔다는 거야! 난 3년 동안 뭐 했지? 누가 나 대신 3년 대리인생 살았는지, 기억이 없네.

ㄴ 와! 오늘 영상은 너무 졸리지만 대리인생 뒷이야기가 궁금해서 잘 수 없을 것 같아요.

ㄴ 대리인생 계약 종료일을 기억하는 구독자들도 대단하고, 그 날짜에 맞게 영상을 업로드해준 미니유 님도 대단하네요.

독특한 세계관이 있는 나만의 ASMR 세계 그리고 나의 세계를 사랑해주는 구독자가 만나서 하나의 ASMR 세계가 완성되었다. 제작자와 구독자가 함께 만들어낸 이 세계가 모두에게 달콤한 자장가가 되기를.

사각사각
　　연필 소리로 닿는 위로,
스르르 다가오는 잠 ────────────────➤

나 홀로
고독한 등대에 있어요

영상의 아이디어가 떠오르지 않을 때는 전시회를 찾곤 한다. 누군가의 창작물을 바라보다 보면 신기하게도 아이디어가 떠오를 때가 있기 때문이다. 내게 여행이 머리를 비워냄으로써 새로운 아이디어를 담을 곳을 마련해준다면, 전시회는 비워진 머리에 반짝이는 생각의 씨앗을 심어주곤 한다. 여행과 전시회를 함께 경험하며 ASMR 영상 제작에 힌트를 얻은 적이 있다.

친구들과 양평을 여행하다가 우연히 전시회를 관람했다. 평일이라 그런지 관람객이라고는 우리뿐이었다.

한적한 전시회에서 어쩐지 쓸쓸함마저 느꼈다. 적막함도 전시의 일부분처럼 느껴질 정도였다.

특히 전시 관람 중 보게 된 우뚝 솟은 등대 때문에 적막감을 더욱 깊이 느낄 수 있었다. 등대는 푸른색과 붉은색 조명 빛을 차례로 뿜어내고 있었다. 다른 색의 빛이 서로 교차하면서 어우러지는 모습을 보니, 이 등대가 바다의 일상을 표현하고 있는 게 아닐까 하는 생각이 들었다. 휑하니 넓은 전시장 안에 발자국 소리하나 들리지 않은 채 우리 셋만 우두커니 등대를 바라보고 있었다. 그마저도 등대지기의 쓸쓸함과 어울리게 느껴졌다.

등대를 보며 느낀 기분을 ASMR 영상으로도 표현하고 싶었다. 아무도 없는 전시실과 등대의 쓸쓸함과 거기서 느껴지는 묘하게 세상과 분리된 기분을 영상으로 구현하고 싶었다. 고독할 만큼 고요하다가도 한순간 모든 걸 집어삼킬 듯 무서운 맹수로 변하는 변덕스러운 바다의 날씨도 표현하고 싶었다. 가끔은 아무도 없는 곳에 혼자 숨어버리는 상상을 하지 않는가. 누구에게든 도피 욕구가 들 때가 있을 것이다.

곧바로 등대지기 상황극 대본을 쓰기 시작했다. 어

떤 설정이 좋을까 생각하다가 등대에서 생활하며 등대지기로 적합한지 테스트를 받는 상황을 연출하기로 했다. 5일 동안 등대에서 홀로 생활하며 모진 바다의 날씨를 겪어야 한다는 스토리였다. 천둥 번개가 치며 비가 쏟아지는 날도 있고, 돌풍이 불어 거친 파도가 넘실거리는 날도 있다는 설정이다. 물론 철썩철썩 파도가 넘치는 소리와 함께 끼룩끼룩 정겨운 갈매기 소리가 잔잔하게 울려 퍼지는 맑은 날씨도 빼놓지 않았다.

날씨와 관련된 다양한 소리와 바다에서 생길 수 있는 여러 가지 소리를 넣어서 영상을 편집했고, 덕분에 영상을 만드는 내내 재미있게 작업할 수 있었다. 무료 음원으로 제공되는 천둥소리를 하나씩 들으면서 가장 어울리는 것으로 골라서 영상에 넣고, 빗소리나 파도 소리는 전에 직접 녹음해놓은 소리 중 골라 넣었다.

나는 비가 오는 날이면 항상 소리를 녹음하곤 한다. 어떤 빗소리는 쇠아악하며 시원하게 내리기도 하고, 또 다른 빗소리에서는 샤아악하며 바람에 흩날리는 가벼운 소리가 나기도 한다. 어느 영상에서 어떻게 쓰일지 모르기 때문에 가능하면 비 내리는 소리를 많이 녹음해두는 편이다.

우연히 들린 전시회에서 시작된 ASMR 영상에는 이런 상황을 어떻게 생각했느냐는 댓글이 많이 달렸다. 소리로 상상력을 자극한 데 만족한 구독자가 많았다.

ㄴ 화면을 안 보고 눈을 감고 들으며 잘 때, 이 영상이 참 적절한 것 같아요.

ㄴ 너무 신선하고 재밌다. 이런 배경과 소재의 조합이 아주 새로워요. 완전 몰입해서 듣다가 어느새 잠들어버려서 뒷이야기를 모르겠어요.

ㄴ 등대지기라니 정말 독특하네요!

ㄴ 이 영상 어떻게 만드셨어요? ASMR식 영화 같아요.

ㄴ 여러 날씨의 소리를 들으니 진짜 등대에 홀로 있는 기분이에요.

'등대지기' ASMR 영상은 전시회가 자극해준 아이디어 씨앗을 머릿속에 잘 심은 덕에 나온 결과물이었다. 전시회에서 보고 들은 게 머릿속에서 피어난 것이다. 믿기 어렵겠지만 정말 씨앗이 팡 하고 터지듯 머릿속에서 아이디어가 나오는 순간이 있다! 그럴 때면 마치 새로운 생명이 태어나듯, 새싹이 움트듯, 설레고 기분 좋은 흥분으로 마음이 가득 차곤 한다. 그런 순간을 재미있고 뿌듯하게 느끼는 게 내가 10년째 ASMR을 하는 이유다.

ASMR 영상은 일반적으로 잠을 자기 위해 듣는 것이지만, 나는 그걸 넘어서 한 편의 드라마를 본 것만 같은 기분을 사람들에게 안겨주고자 한다. ASMR 영상에도 여러 종류가 있는데, 내가 주로 제작하는 상황극 영상은 어떤 상황이나 직업을 청각적으로는 물론 시각적으로 세심하게 구현해내는 것이다. 이를 보는 사람이 소리에서 재미를 느끼면서 동시에 눈으로도 즐거움을 찾을 수 있다고 생각한다. 시간과 정성을 쏟아서 만든 나의 ASMR 영상이 다양한 감각 기관을 자극하는 복합적이고 알찬 콘텐츠로 소비되길 바란다.

사각사각
　　연필 소리로 닿는 위로,
스르르 다가오는 잠 ──────────────────────➤

소리 집중,
수면의 늪으로 가요

영상을 사진으로 대체하고, 소리만 나오는 ASMR 콘텐츠를 만든 적이 있다. 영상 없이 사운드에만 신경 쓰면 확실히 소리 퀄리티가 더 좋아질 것이라 생각했기 때문이다.

나는 ASMR 영상을 만들 때, 영상미에도 신경을 많이 쓰는 편이다. 그러려면 화면에 마이크가 보이지 않는 게 미관상에도 좋고, 보는 사람이 상황에 몰입하기에도 좋다. 대신 그렇게 하면 마이크와 나의 거리가 조금 멀리 떨어져야 한다.

반대로 마이크에 소리가 콱콱 꽂히려면 마이크를 최대한 나에게 가까이 두는 게 좋다. 그래야 소리를 진하게 잡아낼 수 있다. '소리 집중'이라는 이름으로 많은 영상을 그런 방식으로 만들었다. '소리 집중' ASMR 영상은 잠을 자기 위해서만 ASMR을 듣는 구독자에게 잠드는 순간까지 옆에 있는 느낌을 주고 싶다는 생각에서 만든 콘텐츠다.

'소리 집중' ASMR 영상 중에 '수면의 늪으로 가는 길'이라는 콘텐츠에 특히 애정이 있다. 이 콘텐츠는 '바람의 길, 몽롱의 길, 나른의 길, 가을밤 길, 졸음길' 이렇게 각 구간을 만들어서 최종 목적지인 수면의 늪까지 함께 걸어가는 설정이다. 구간마다 잠이 올 수 있는 좋은 테마의 소리를 채워넣었고, 늘 길 안내자인 나의 목소리가 함께한다는 것을 듣는 이들에게 인지시켰다.

한때 불면증을 겪어본 나는 매일 밤, 잠 못 드는 게 얼마나 고역인지 잘 알고 있다. 밤이 오는 게 무서울 정도로, 오지 않는 잠은 두려운 존재다. 그 고통을 알기에 구독자의 잠을 정말 잘 이끌어주어 잠드는 시간이 괴로운 시간이 아니라고 느끼게 해주고 싶었다. 잠이 드는 그 순간까지 여행한다고 생각하게끔 하여서 최종 목적지인 잠에 드는 순간까지 편안하게 여행할 뿐이라고 느끼도록 영상을 만들고자 했다.

힘들거나 어려운 일을 혼자 하는 것보다는 둘이 하는 게 낫지 않은가. 혼자이면 더욱 힘들고, 어렵게 느껴지는 일도 누군가 옆에 함께 있다는 것만으로 무게가 덜어지는 법이다. 잠으로 가는 시간 동안 혼자가 아니라는 느낌이 들면 조금이나마 위안이 될 거라고 생각했다. 그래서 수면의 늪으로 가는 길의 구간마다 안내자인 내가 함께 길을 걸어준다고 설정했다.

편안하고 기분 좋은 잠으로 이끄는 '수면의 늪으로 가는 길'에는 엄마와 같은 마음을 담았다. 엄마가 소중한 자식에게 좋은 재료로만 만든 맛있는 음식을 먹이기 위해 질 좋은 싱싱한 재료를 구해서 정성 들여 손질하고, 시간을 들여 손맛으로 요리하듯 그렇게 마음을 쏟아 만든 콘텐츠다. 좋은 소리만 모아서, 더 좋은 소리로 들리도록 편집을 거듭하며 공들였다.

'수면의 늪으로 가는 길' ASMR에는 5개의 길이 나온다. 먼저, 바람의 길에서 하늘하늘 부는 바람을 맞으며 길을 걷다 보면 어느새 모든 걱정은 바람에 실려 날아간다. 그 뒤로 한참을 걷다 보면 우수수하는 빗소리와 함께 몽롱의 길에 도착한다. 저벅저벅 그 빗길을 걷고 또 걸어 맑은 대낮의 새소리가 들리는 나른의 길에 들어선다. 따듯한 오후 1시의 햇살을 한참 받은 후 마침내 가을밤 길에 도착하면, 찌르르 풀벌레 소리와 함께 졸음의 기운이 느껴진다. 그렇게 '수면의 늪'의 마지막 길인 졸음 길에 도착하는 것이다.

'수면의 늪으로 가는 길' ASMR에는 바람 소리, 빗길을 걷는 소리, 새 소리, 풀벌레 소리 등 내가 가진 음원 중 가장 듣기 좋은 소리만 넣었다. 기분 좋은 몽롱함을 위해 모든 소리에 울림 효과를 주어 편집했다. 워낙 공들인 영상이라 내가 들으면서도 '참 좋다.'고 느낀다.

나도 잠이 오지 않는 밤이면 간혹 스마트폰을 열어 수면의 늪으로 여행을 떠난다. 언제고 불면의 밤을 겪으며 잠과의 외로운 싸움을 하고 있을 구독자들이 알길 바란다. 얼굴 한 번 본 적 없을지라도 당신을 위해 매일 정성스러운 영상을 짓는 사람이 있다는 것, 수면의 늪을 누군가 함께 걷고 있다는 것, 그 사람이 나라는 걸 전하고 싶다. 그러니 짙은 밤이 내려도 혼자가 아니라는 것을 기억해주길.

비밀잡화점에는
소리가 가득 담겼어요

   나는 잡화점을 좋아한다. 잡화점의 사전적 의미가 잡다한 일용품을 파는 상점이듯, 이런저런 자질구레한 물건이 가득해서 생각지도 못한 물건을 구경하고 발견하는 재미를 맛볼 수 있는 곳이기 때문이다. 거기다 '비밀'이라는 수식어가 붙으면 상상력을 더욱 자극하여 신비로운 느낌을 자아내는 것 같아 더욱 마음에 든다. 오싹하기도 하고, 더더욱 조심스레 가보고 싶은 마음이 든다. 비밀 덕분에 더욱 특별하게 느껴지는 것이다.

   '소리가 가득 담긴 비밀잡화점'은 다양한 소리가 담

겼다는 게 특징인 ASMR 콘텐츠다. 어느 ASMR 콘텐츠에든 다양한 소리를 담고자 노력하지만, 특히 이 콘텐츠에는 더욱 다채로운 소리를 담아내고 싶어서 잡화점에 있는 각양각색의 물건에서 발생하는 고유한 질감의 소리를 실감 나게 담고자 노력했다. 소리의 퀄리티를 높이고, 콘텐츠를 대하는 사람이 화면보다는 소리에 더욱 집중하도록 영상이 아닌 그림과 사진으로 화면을 구성한 '소리 집중' ASMR이다.

이 영상의 소리에 특히 신경 쓴 것은 비밀스러운 느낌을 자아내는 만큼 오히려 실감 나는 소리가 들어가야 '비밀'이라는 일종의 판타지 콘셉트가 더욱 힘을 얻게 되기 때문이었다. 판타지 요소를 가미한 영상이니 현실감이 좀 떨어져도 된다고 생각하여 그렇게 만들면 판타지적인 의미에 타당성이 떨어지게 된다. 그래서 '소리가 가득 담긴 비밀잡화점' ASMR을 위해 '가게 밖에서 눈보라 치는 소리, 차를 준비하는 소리, 샤워하는 소리, 머리 말리는 소리, 청진기 소리, 심장 소리, 약초 만드는 소리' 등 실감 나는 소리를 다양하게 준비했다.

영상 속 잡화점은 불면증을 치료해주는 약초가 있는 곳이다. 일반적으로 잡화점에서 약초를 판매하지는 않지만, 비밀리에 알고 찾아오는 사람들에게 약초를 이용한 민간요법 치료를 해주는 거고, 그래서 제목에 '비밀'이 들어간 것이다. 겉으로는 잡화점일 뿐이지만, 그리고 잡화점인 것도 많지만, 그 외에 사실은 불면증을 치료해주는 약초에 대한 비밀을 담은 곳이다. 비밀스러운 치료가 이곳을 알고 찾아오는 소수에게만 행해지는 곳이다. 이런 단순하지 않은 설정만으로도 많은 팅글을 유발할 수 있다고 생각했다. 왜냐하면 나는 소리뿐 아니라 특정 '상황'에서도 분명한 팅글을 느낀 적 있기 때문이다.

아주 오래전의 일이다. 한 친구가 나에게 행운이 오는 방법을 알려주겠다며 비장한 표정으로 나를 바라보았다. 그러고는 몸을 나에게 가까이 기대며 속삭이기 시작했다. "이거 비밀이니까 아무한테도 말하지 말고 너만 알고 있어야 돼." 어디선가 받은 인형을 보여주며, 이걸 가지고 있으면 행운이 온다는 미신 같은 이야기였다. 기대에 차있던 나는 결국 실망의 웃음을 보였지만, 친구가 엄청난 비밀을 알려주듯 하는 그 분위기가 묘하게 간지럽고 나른했다. '상황'에서도 팅글이 올 수 있다는 걸 알게 되었다. 이런 이유로 ASMR 영상에서 상황을 설정하는 것 또한 매우 중요하다.

눈보라 치는 겨울 산속을 헤매다 우연히 따뜻한 잡화점에 들어간 사람이 안락함과 동시에 왜인지 모를 신비로움을 잘 느낄 수 있도록 혹은 잡화점에서 약초로 치료하는 비밀을 알고 거센 눈발에도 찾아온 사람이 드디어 이곳에서 비밀스럽게 불면증을 치료받으며 신비로운 행운을 느끼도록 영상을 제작했다.

거세게 눈이 내리는 산 중턱에서 발견한 가게에서 대접받은 차만큼이나 따뜻한 친절, 축축하게 언 몸이 녹아내리는 뜨거운 샤워, 가게 주인의 비밀스러운 민간요법. 이 모든 게 당신만을 위해 기다리고 있으니, 생각지 못한 의외의 소리에 즐거움을 느끼길 바란다.

비가 오는 날에는
쉬어가요

비가 쏟아지거나 눈보라가 치는 궂은 날씨에 집에서 쉬고 있으면 왠지 보호받는 느낌이 든다. 밖은 온통 축축하고 서늘한데, 나는 이렇게 뽀송하고 따뜻한 이불 속에 있구나 하며 깊은 안정감을 느낄 수 있어서 맑은 날씨에 집에 있는 것보다 훨씬 아늑함을 느낄 수 있다. 그래서인지 내가 만든 ASMR 영상에는 유독 비를 피해 들어왔다거나, 길을 잃어 들어왔다거나 하는 설정이 많다. '수면실이 있는 스파' ASMR 영상도 그런 묘한 안정감을 전하고자 만든 것이다.

'수면실이 있는 스파' 영상은 비가 와서 길을 헤매다 우연히 들어온 스파에서 묵어가는 설정이다. 스파주인은 친절하게도 마사지만 받으면, 수면실은 무료로 이용할 수 있게 해주겠다고 한다. 머리와 몸은 온통 젖어서 찝찝한데 마침 샤워실도 있고, 마사지도 받을 수 있으니 얼마나 오아시스 같은 존재일까? 게다가 친절하게 대해주는 주인 덕분에 정말이지 마음이 놓일 것 같다.

　영상은 "어서 오세요. 어머, 다 젖으셨네요. 잠시 닦아드릴게요."라는 말로 시작된다. 이어서 샤워 룸에서 촤악 물을 트는 소리와 보글보글한 비누 거품 소리가 들린다. 이내 스파 주인은 따뜻한 차를 한잔 대접한다. 달그락거리는 찻잔 소리와 착착 찻잎을 뜨는 스푼 소리, 쪼르륵 물을 붓고 저어가며 차를 우리는 소리까지 모두 바깥 날씨와는 대비되는 평온함을 느낄 수 있도록 연출됐다. 화장품 통에서 달칵거리며 크림을 꺼내 얼굴 위에 발라주고, 수분기를 가득 머금은 팩을 얼굴에 올려주기도 한다.

　삶에도 '수면실이 있는 스파'가 있었으면 하는 나의 바람이 영상에 녹았을 것이다. 나는 살다가 길을 잃거나 비를 너무 맞아 힘들 때, 잠시 쉬어갈 수 있는 그런 곳을 바라곤 했다. 누구도 살아가는 얘기는 꺼내지 않는 곳에서 최선을 다해서 휴식 그 자체에만 집중하는 곳을 그렸다. 지금 내 앞에 닥친 문제나 슬픔 따위는 생각할 틈도 없게 망각하게 만들고 싶었다. 나에게 지나치게 사적으로 다가오지 않는 서비스 제공자 그 적당한 거리에서 느낄 수 있는 편안함이 '수면실이 있는 스파' ASMR 영상에서 전하고 싶던 마음이다.

사각사각
　　연필 소리로 닿는 위로,　　　　　　　　　　　　　　○
스르르 다가오는 잠 ──────────────────➤

....

....

....

....

....

....

....

....

....

....

우주여행,
지금 떠납니다

　어둠이 짙은 밤이면, 생각 속에 파묻히곤 한다. 주로 과거에 있었던 일들이나 미래에 대한 걱정을 하는 편인데, 그러다 점점 생각의 늪에 잡아먹힐 때면 도피의 목적으로 일부러 특이한 상황을 상상한다. 바깥은 자연재해로 위험한 상황인데, 나만 노아의 방주 같은 안전한 은신처에서 보호받거나, 눈보라가 몰아치는데 따뜻한 캠핑카 안에서 자는 상상 등이다. 그런 상상 끝에는 신기하게도 잡생각은 사라지고 스르르 잠이 온다.

　늘 하던 상상이 지루해질 때쯤 디저트처럼 우주에

관한 상상이 시작됐다. 나에게 특별한 능력이 생겨 우주에서 생활할 수 있게 된 것이다. 그 어떤 위험도 없이 자유롭게 우주를 다니는 설정이다. 시원한 달에 누워서 달 조각으로 만든 과자를 먹기도 하고, 화성에서 나오는 특별한 물로 온천욕을 하기도 한다. 저 멀리 어딘가에서 울려 퍼지는 블랙홀의 연주를 들으며 우주의 신비를 즐기기도 한다.

이런 상상을 영상으로 만들 수는 없을까? 이제 내 삶은 ASMR과 너무도 깊이 연결되어, 어떤 것이든 상상하다 보면 자연스럽게 ASMR과 연관 짓게 된다. 나만의 은밀한 상상이 많은 사람이 공감하며 한 번쯤 상상해볼 만한 설정이 아닐까 싶기 때문이다. 이런 비현실적인 상상에서 느낄 수 있는 또 다른 팅글이 분명 있을 거라고 생각했다.

그러나 선뜻 만들기 어려웠다. 달이나 화성 같은 우주 세트장을 어떻게 만들어야 할지 막막했다. 좁은 방음부스 안에서 만들어낼 수 있는 배경에는 한계가 있었다. 행성마다 배경을 바꿔야 하니 보통 작업이 아니었다. 하지만 소리 구현에는 누구보다 자신이 있어 실감 나는 우주의 소리를 만들 수 있을 것 같은데 단지 배경 때문에 포기하기엔 너무 아쉬웠다. 그때 소리 집중 ASMR(화면은 사진으로 채우고, 화면의 퀄리티보다 소리의 퀄리티에 특별히 신경 써서 만든 미니유의 콘텐츠)이 떠올랐다. 화면을 과감히 포기하고, 소리 집중 콘텐츠로라도 만들어야겠다는 생각이 들었다.

우웅 하는 소리와 함께 우주선이 출발한다. 지글지글 타는 소리와 함께 첫 번째 목적지인 태양에 도착한다. 그곳에는 유명한 온천 가게가 있다. 온천은 펄펄 끓는 용암 같지만, 막상 들어가면 적당히 따뜻하고 매끄러운 물이다. 온천욕을 끝내고 물기 묻은 발로 차박차박 걸어 나오면 다시 우주선을 타고 달로 이동한다. 신비스러운 공명 소리가 들리는 달에 도착하여 마사지 숍으로 간다. 달에서는 그 어떤 것도 급할 게 없다. 힐링의 공간이기 때문이다. 달의 기운을 듬뿍 받은 달 조각 스톤으로 마사지를 받고 나면 슬슬 배가 고파진다.

화성은 요리사가 많이 정착한 행성으로, 우주의 요리가 발달한 곳이다. 그중에서도 가장 유명한 식당에 도착하면 직원이 메뉴판을 건네준다. 처음 보는 이름의 메뉴가 많아서 무엇을 골라야 할지 난감해 추천받은 메뉴로 주문한다.

블랙홀에서 따온 구름 모양의 솜사탕 같은 열매를 곱게 갈아서 만든 블랙홀 주스 한 잔과 수성에서 나온 반짝반짝 빛이 나는 별 가루를 뿌려서 노릇노릇 구운 태양구이별가루빵, 화성에서 나온 감칠맛 나는 진흙을 토성의 고리에 넣어 익힌 토성고리스테이크 등 우주 요리를 실컷 먹고 나면, 다시 우주선을 타고 지구로 돌아간다.

이렇게 상상과 소리를 입혀낸 '우주여행' ASMR 콘텐츠가 완성됐다. 한 겹 한 겹 식감이 잘 느껴지는 페이스트리를 먹는 느낌으로 영상을 만들었다. 여러 겹으로 겹쳐있지만, 입안에서 맛이 따로 놀지 않고, 고소하게 씹히는 페이스트리와 같이 제작한 ASMR콘텐츠는 혀가 아닌 귀로 느끼는 디저트인 것이다. 내가 요리사라면 이 영상은 주방장 특선이랄까. 내가 간혹 밤에 꺼내오는 디저트 같은 상상을 다른 사람들에게도 맛보일 수 있다니! 행복한 작업이었다.

시간의 경계선에서
도피를 꿈꿔요

'아, 잠시 이 순간을 벗어나고 싶다.' 누구에게나 시간을 멈추고 싶은 순간이 있을 것이다. 아주 곤란한 상황을 마주한다거나, 당장 문제를 해결해야 하는 긴박한 상황이라면 더욱 그럴 것이다. 그럴 때면 도피하고 싶은 욕구가 간절하다.

나는 그런 경험을 자주 했다. 어렸을 때 가장 기억에 남는 일화는 학기 초의 일이다. 워낙 내성적인 성격 탓에 친구가 없어 학교에서 혼자였다. 과학 시간이던가. 그룹을 지어 과제해오라는 선생님의 말에, 심장이 덜

컹 내려앉고 말았다. 짧은 시간에 모두 그룹을 지어 앉는데, 나만 혼자 덩그러니 남겨졌다. 순간 모두의 시선이 나를 향했다. 너무 부끄러워 교실 밖으로 도망치고 싶었다. 최근에는 강연하다가 대본을 까먹었을 때 그랬다. 머릿속에서 대본을 다시 되뇌던 찰나의 정적이 1시간처럼 느껴졌다.

감정적으로 매우 힘들었을 때도 그랬다. 오랫동안 함께한 강아지가 무지개다리를 건너던 날이었다. 워낙 노견이라 마음의 준비를 하고 있었지만, 딱딱하게 굳어버린 강아지의 모습을 바라보는 게 너무 힘들었다. 강아지의 죽음을 회피하고 싶어서 충분한 이별의 시간도 없이 바로 화장하고 돌아왔고, 오랫동안 후회했다.

유튜브에서 매트리스 광고를 하던 때도 기억난다. 마침 남자친구와 헤어졌을 때라 시도 때도 없이 눈물이 나고, 마음이 많이 힘들었다. 그러나 광고 영상을 촬영해야 했기에 작업실에서 공간을 꾸미다가 그 매트리스에 누워서 펑펑 운 적 있다.

충분히 슬퍼할 새도 없이 바쁜 일상이 나를 기다리고 있었고, 젖은 솜뭉치 같은 마음을 간신히 일으켜 당장 해야 할 일을 끝내야만 했다. 그럴 때면 시간을 멈

취, 슬픔에 빠진 마음을 잠시 눕혀 쉬게 하고 싶었다. 감정을 응시하고 받아들이는 시간을 갖고 싶었다. 어딘가로 잠시 숨어들고도 싶었고, 아무도 없는 곳으로 도망치고 싶었다. 어딘가 잔잔히 숨을 고르고 감정을 가라앉힐 공간이 있다면 좋겠다고 꿈꾸곤 했다. 이렇게 종종 나만의 도피처를 상상하다가 '시간여관'이라는 테마가 떠올랐다. 도피의 욕구와 쉼에 갈망을 느끼는 사람들에게 작은 휴식 같은 ASMR 영상을 만들고 싶었다.

'시간여관' 영상은 극도의 곤란한 상황에서 정신이 혼미해질 정도로 간절히 도피를 원하게 되면 무의식으로 연결된 통로로 오게 되는 곳이라는 설정이다. 현재 시간의 0.1초가 시간여관에서의 하루로, 현실에서와는 시간이 흐르는 속도가 다르기 때문에, 시간여관으로 도피한 사람에게는 충분한 시간이 주어지는 셈이다. 그 시간 동안 지금 나에게 닥친 문제를 어떻게 해결할지, 어떻게 마음을 달래고 일으켜 세울지 계획을 세우는 것이다.

아무 생각 없이 온전히 쉬기만 해도 좋다. 쉼 자체가 마음을 치유하는 시간이 되기 때문이다. 시간여관의 직원들은 손님이 편히 쉴 수 있는 객실과 음식, 마사지 서비스를 제공하며 손님을 격려한다. 손님은 문제에 정면으로 부딪칠 용기가 생겨야 퇴실할 수 있기 때문에, 용기를 내도록 노력해야 한다. 결국 모든 용기는 손님 스스로 내야만 하는 것이다.

영상은 최대한 따뜻한 분위기로 연출하고 싶었다. 쨍하고 밝은 빛은 날카로운 신경을 더 곤두서게 만들 거라 생각했다. 영상을 보는 이가 엄마 품에 안겨 쉬듯 포근한 느낌을 주기 위해서 아늑한 조명을 활용했다. 룸서비스를 차려주는 장면에도 신경을 많이 썼다. 먹음직스러운 브런치를 내어주고, 김이 모락모락 나는 뜨거운 커피를 따라주며 안정감을 주고자 했다. 긴장된 마음을 풀어주는 데는 스파하는 소리가 제격이라고 생각해서 잔잔한 물소리와 몽글몽글한 비누 거품 소리로 차갑게 얼어붙은 마음을 어루만져주고자 했다.

'괴로운 일을 마주했을 때 도망치고 싶어 하는 나를 비겁하다고 비난하거나 겁쟁이라고 욕하지 않고, 괴로운 일은 당연히 피하고 싶은 거라고, 너 말고 다른 사람도 다 그렇다고 말해주는 것 같아서 큰 위로가 된다.'는 구독자의 댓글을 보고 내 마음이 전해진 것만 같았다.

그 댓글은 영상을 보는 이가 정말 시간이 멈춘 듯,
쉴 수 있기를 바라는 마음으로 만든 영상에서 꼭 전하
고 싶던 이야기와 같았다. 이 영상을 통해 누구나 힘들
때면, 도망치고 싶다는 것. 그렇지만 잔뜩 웅크린 새는
다시 날기 위해 발돋움할 시간이 필요할 뿐이니, 그 시
간을 편안히 받아들이라고 전하고 싶었다.

사각사각
　　연필 소리로 닿는 위로,
스르르 다가오는 잠 ─────────────────➤ ○ ◗

은하로 가는
기차를 타요

　누구나 어려서 보던 만화영화나 TV 인기 시리즈를 다시 볼 때나, 인상 깊게 읽은 동화책을 다시 대할 때, 혹은 어린 시절 즐겨 먹던 불량식품을 맛보게 되었을 때 향수에 젖어본 적 있을 것이다. 나에게 어린 시절의 향수를 불러일으키는 것은 <은하철도 999>라는 만화영화이다. 오랜 시간이 지난 후에야 어린아이가 보기에는 다소 철학적이고 어려운 내용을 담고 있는 콘텐츠라는 걸 알았지만, 당시만 해도 '기계인간'이라는 주제에 완전히 몰입했었다.

'나 혼자 이 만화영화를 기억하는 건 아닐 거야. 아마 내 또래 구독자들이라면 <은하철도 999>에 나처럼 흥미를 느낀 기억이 있지 않을까? 어쩌면 어린 마음에 기계인간이 되고 싶어 상상의 나래를 펼쳤을지도 몰라. 기계인간을 만나보고 싶다고 생각했을 수 있지.'

문득, 어릴 적 추억과 ASMR을 접목해보고 싶었다. 만화영화 속 주인공이 된 기분과 함께 꿈꾸던 기계인간이 되어보는 스토리로 ASMR 영상을 제작하기로 했다. 영상을 보는 사람을 기계인간으로 만들어주는 설정으로, 기계인간이 되는 데 두 가지 옵션을 생각했다.

하나는 기억을 담당하는 기관과 육체 모두를 기계로 바꾸는 것이고, 다른 하나는 그동안의 기억과 추억은 남긴 채 육체만 기계로 바꾸는 옵션이다. 결국 나는 모든 걸 기계로 바꾸는 것으로 영상을 구성하기로 했다. 그게 좀 더 극적일 거라 생각했기 때문이다. 누군가는 모든 과거를 잊고 새롭게 시작하고 싶을 것이다. 과거를 모두 지워버린다는 데 생각할 시간을 주고 싶기도 했다.

누군가는 이런 설정을 보고 'ASMR 영상에서 자아성찰까지?'라고 다소 의아해할 수도 있겠지만, 나는

ASMR이 단순히 소리 콘텐츠를 넘어서 누군가에게 힐링의 기회를 제공하며 생각할 여지를 넓힐 수 있는 계기가 된다고 생각한다. 이는 스토리가 있는 ASMR 영상 콘텐츠의 의미이자, 이러한 콘텐츠가 구현할 수 있는 재미있는 지점이라고 생각한다.

소리를 만드는 일에는 많은 노력이 필요하기에, 이 영상에도 여러 가지 노력이 들었다. 예를 들면, 어떤 방향에서 어떤 강도로 소리를 내야 정말 내 머리에 두들겨지는 듯한 소리가 나오는지를 잘 파악해야 했다. 기계인간을 만들어내는 소리인 만큼 망치나 나사 등 공구 소리를 메인으로 들어가게 할 생각이었다. 자극적이지 않으면서 분명한 공구 소리를 담고 싶었다. 단순히 사운드 레벨을 줄여서 소리를 작게 만드는 게 아니라 애초에 녹음할 때부터 까닥까닥한 소리가 귓가에 살포시 내려앉듯 부드럽고 정확한 소리를 담고 싶었다. 그래서 마이크 가까이서 녹음하되 범위를 적게 움직여 자극적인 소리를 최소화했다.

그렇게 망치로 두드리고 나사를 조이고 부드럽게 달그락거리며 기계인간을 만드는 소리를 구현해냈다. 소리와 스토리가 알맞게 버무려진 '은하철도 999' ASMR

영상은 나의 콘텐츠 중에서도 스스로 만족스러운 것이라서 구독자의 반응도 은근히 기대했다.

    ㄴ 잘 만든 영화를 본 기분.

    ㄴ 불멸이 삭막한 이유가 사랑한다는 말을 미뤄서라니, 생각지도 못한 부분이라서 놀랐네요.

    ㄴ 죽지 않더라도, 해야 할 말을 영원히 마음에만 담아두면 삭막한 세상이 되겠다는 생각이 들어서 생각만 하던 말을 지금 당장 해야되겠다고 생각했어요.

    ㄴ 버릴 소리가 하나도 없다.

    ㄴ 소리도 좋지만, 상상력이 너무나 기발해요!

    ㄴ 스토리 있는 ASMR은 잡생각이 많이 나는 날에 몰입하면서 듣고 잠들기 좋은 것 같아요.

어쩌면 삶이 유한하기 때문에 이 세상이 돌아가는 게 아닐까? 만화영화 <은하철도 999>에서 궁극적으로 전하려는 것도 이와 같지 않을까? 만화영화와 ASMR이 만난 콘텐츠는 새로운 세계가 탄생하고,

또 다른 세계관이 공유되는 걸 의미한다. 이것이 내가 ASMR 영상에서 추구하는 방향이고, ASMR 영상의 매력적인 부분이다. 이렇게 형성된 나의 세계를 사랑해주는 구독자가 있다는 데 즐거움과 보람을 느낀다. 그런 기분이나 감정은 ASMR을 이어가게 해주는 기분 좋은 동력이다.

사각사각
　　연필 소리로 닿는 위로,
스르르 다가오는 잠 ─────────────────

ıı|||ı·

소리에는 이야기가 있다. 일상의 평범한 소리일수록
더 깊은 이야기가 담긴다. 내 주변의 소리이기 때문이
다. 주룩주룩 내리는 빗소리에서 학교 앞에 우산을 들
고 총총 걸음으로 나의 소중한 아이가 혹여 비를 맞지
는 않을까 조마조마하며 마중 나온 엄마를 만나고, 귓
가에 소곤대는 속삭임에는 수업 시간에 몰래 해사한
웃음을 지으며 친구와 이제는 기억도 나지 않는 아무
것도 아니었을 이야기로 수다 떨던 이야기가 있다. 출
렁이며 부서지는 파도 소리에는 첫 바다 여행의 설렘

과 봄 햇살을 닮은 포근한 기대감이 함께한 이야기가 담기고, 지저귀는 새소리에는 맑은 날 아침 이른 햇살에 졸음을 쫓으며 등교하던 아이의 이야기가 담긴다.

　일상을 담은 소리가 기억으로 남고, 기억은 추억이 된다. ASMR 영상을 만들며 일상에서 쉽게 들을 수 있는 소리를 들려주는 걸 염두에 둔다. 그 소리를 들은 사람이 공감하고, 따듯한 위로를 받길 바란다. 이 책에는 소리에 대한 이야기가 담겨있다. 누구나 들어봤을 법한 익숙한 소리이나, 누군가에게는 특별함을 주는 소리 이야기다. 어느 잠 오지 않는 밤에 익숙하고 특별한 소리가 달콤한 잠으로 이끌어주듯, 이 책에 담긴 소리 이야기가 누군가의 일상을 편안하게 이끌길 바란다.